U0607722

母爱是盏灯

陈秀荣 著

国当代名家

精品必读散文

他将自己的性灵交付自己的事业，

他用文字记载生活的一幕一幕，

即使再微小的事情都在他的笔下被重新赋予了意义。

他是一个坦然的人，所以，他的文字读来顺畅。

知识出版社

图书在版编目（CIP）数据

母爱是盏灯/陈秀荣著. —北京：知识出版社，
2016.3
（中国当代名家精品必读散文）
ISBN 978 - 7 - 5015 - 8989 - 0

Ⅰ. ①母…　Ⅱ. ①陈…　Ⅲ. ①散文集—中国—当代
Ⅳ. ①I267

中国版本图书馆 CIP 数据核字（2016）第 040822 号

总 策 划　张海君　李　文
执行策划　马　强
责任编辑　梁嬿曦　马　跃
封面设计　君阅书装

知识出版社出版发行
地　　址　北京市西城区阜成门北大街 17 号
邮政编码　100037
电　　话　010 - 88390732
网　　址　http：//www. ecph. com. cn
印 刷 厂　河北锐文印刷有限公司
开　　本　1/16
印　　张　12
字　　数　180 千
印　　次　2016 年 3 月第 1 版　2018 年 11 月第 2 次印刷

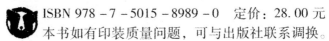
ISBN 978 - 7 - 5015 - 8989 - 0　定价：28. 00 元
本书如有印装质量问题，可与出版社联系调换。

母爱是盏灯
muai shi zhandeng

城市的树木

在这座小城中待的时间愈长，愈觉得城市中人造沙漠的荒芜，甚至蔓延到我的心灵，对树木的思念也与日俱增了。车辆和杂乱的行人搅在一起，时常叫人有一种如临大敌、如履薄冰的感觉。一旦走出城市，道路两旁那蓊郁的树木和绿色的田野以及蜿蜒的河流，总会让我眼前一亮，豁然开朗，自觉神清气爽起来，仿佛鸟儿归林、鱼儿回溪，喜悦之情难于言表。

其实，城市中也不是没有树，只不过，树与人相比，少得可怜；与车相比，更显得势单力薄。在略显拥挤而又高大的楼群面前，树们简直自卑得挺不直腰杆，抬不起头来。城市中，每一块地皮总会炒出很高的商业利润，即使再名贵的树木，也得为开发商们让道，树的下场也就可想而知了。开发商们那鼓鼓的"裙褛"里横陈着多少树木尸体？埋葬多少树的冤魂？

越往城市中心走，树木就越稀少，恰似秃子头上几根贼亮的头发，珍贵得出奇。这些树已不是真正意义上的树，充其量只是树中的囚徒。树根被结实而又宽阔的柏油路压在下面，动弹不得，不能随意把充满生命力的根须拱出地面；站立的空间几乎无法转动孱弱的身躯；旁逸的枝蔓随时遭到巨大剪刀的肆意裁剪和利斧的疯狂砍伐。真正的树应该有一群群乍起乍落的蜻蜓，应该有鸟儿苦心经营的巢穴，应该有顽童栖身的枝丫，甚至有一弯清溪在它身旁环绕。像这样的树，在这小城里似乎很难寻找。

母爱是盏灯
muai shi zhandeng

　　我特别喜欢春荣秋枯的树，它清楚地告诉人们季节的界限和轮回。春树的新芽是美丽的，秋的金黄色落叶同样也是美丽的。春芽美得清新，秋叶美得寂静。就是冬天那光秃秃的树枝，走进画家的笔下也会诗意起来。假如再给它点缀上几只寒雀，更能观照出荒凉而静穆的美。其实，没有这种美的冬天也失去了意义。城市里总是喜欢到处栽种着四季常青的树，许多人还喜欢在家中收藏盆景，它们或苍翠欲滴，或娇媚万种，给生命聊以慰藉，偶尔振奋一下日渐枯萎的视觉神经。不知道我的理解是不是切中了要害？

　　说真话，我们一刻也离不开树。茶余饭后，我总会散步到附近广场，欣赏一下树木，放牧一下目光，轻松一下身心。有时，面对着伤痕累累的树，内心满是愧疚和不安，真想伸手去亲抚它、安慰它，但随即又打消了这个念头，生怕触痛它的伤痕，勾起它疼痛的记忆。不少树木浑身缠着绳索，像受伤士兵绷紧的纱带，有的因为伤势太重，就再也缓不过气来，春风化雨也无法把它们唤醒。这些树木大多是在初春时节，被卡车押送来的，它们带着累累伤痛和无限思念背井离乡，来到这个陌生的城市，站立在陌生的公园。没有山溪的滋润，没有鸟儿的歌声，没有起伏的松涛，树木的生活便没了生气，没了激情。

　　我想，如果树真的能和我们开口对话，树的话语一定会对我们生活的意义有所启迪，对生命的本质有更深层次的把握。释迦牟尼不就是在菩提树下造就出佛的巅峰吗？"菩提本无树，明镜亦无台。"只有心中真正有树，树才会长成参天大树，人才会领悟出生命和自然的真谛。我是这样理解的，不知是否道出了佛的禅机？

　　忽一日，从《扬子晚报》副刊上看到《善待一棵树》这篇文章，文章中说：香港湾仔，一棵普通的百年老榕树下坐落着太古大厦。在修建大厦之前，为护树花了近 2390 万港币。读后，我心中十分感动：在一个高度发达的商业社会里，人们竟能如此善待一棵树，这不能不让人感到惊奇和振奋。或许，有人认为，我们太穷了，拿不出那么多钱来保护树，等我们经济发达了，市民素质提高了，我们也会像香港人那样善待每一棵树。果真如此，愚昧和落后将会和我们如影随形，富裕和繁荣将是一个遥不可及的梦想。人们只有把自己都想成一棵会移动的树，才会对树多一份牵挂，才会对树多一份情谊。果真如此，树才能与我们很好地长相厮守，和谐永远，共同步入精神的圣殿。

如此促销

吃完晚饭，我和妻子到漕运广场散步了一个多小时，然后又到朋友新开业的饭店去坐坐。

九点多了，朋友的饭店也快要打烊了，一位操着山东口音的五十岁左右的汉子突然跑进来，对着吧台内的老板娘，恭身作揖说："行行好吧！俺大爷老了，俺要赶回家，快买些我的橘子吧！"老板娘怎么也不愿意买，说她的饭店里橘子是刚买的，现在不需要。他几乎是带着哭腔愤愤地说："你的心怎么这样狠啦？俺总不能背着橘子赶回山东啊！看样子，俺只有把橘子推下河了。"于是，他只好将脸转向我们，眼里似乎含着泪，哀求我们买几斤。妻子朝我望了望，我只是尽力控制着自己的恻隐之心，

母爱是盏灯
muai shi zhandeng

面无表情地望着站在我面前的身穿蓝褂裤的山东汉子，一言不发，因为事情来得突然，我怀疑其中有诈，更何况妻子时常拿我被人骗的事嘲笑我。就在我犹豫时，妻子却随这山东人走出门外，买起了橘子。只听那山东人对我妻子说："白天我是卖一块三一斤，现在就卖一块一斤算了。便宜吧？"妻子买了三斤橘子，并且剥一个尝了起来，连说味道不错。而那山东人推着车到隔壁小店继续他的生意了。

随后，我招呼饭店内的吧台经理、老板以及老板娘一起吃橘子。我感觉橘子还真可以，不是那种难以下咽的味道。老板吃完一个橘子，笑眯眯地坐在椅子上，跷起了二郎腿说："这是一种促销手段，你们懂吗？"我一听这话，立即恍然大悟，用手拍了一下大腿，大笑着说："这家伙！真他妈的聪明而狡猾。"大家也都赞成地点了点头。

平日里，走在大街上，时常看到清仓大甩卖、厂家有奖促销、转让大降价、买一赠一等等，对这些，我早习以为常了。可是，花三元钱，还落得三斤橘子，这事谈不上上什么当吃多大亏。不过，这种促销手段，我还是第一次听说，真让我忍俊不禁。

有一次，我把这事告诉我办公室的一位同事。同事笑着说："这人我也熟悉。他是不是浑身蓝褂裤，操山东口音？"我惊讶地望着他，微微地点着头。随后，同事点燃一支烟，悠然地朝空中吹了几个烟圈，诡秘地说："他是城东那边人，经常这样，今天卖的是橘子，明天就是苹果或者香蕉，屡屡得手。他曾在山东做过几年生意，学了一口地道的山东话。他说他大爷老了吗？他大爷去世二十多年了。""还有呢！那秤是八折秤。上一次，我和妻子买的是香蕉，一共四斤。回家时，走到楼下的小店往天平上一放，只有三斤二两。"同事顿了顿接着说。

我呆呆地望着同事，半信半疑地点了点头。原来如此，真是促销有方，挣钱有道啊！我又一次恍然大悟了。

三儿童杂技团

在饭店吃完晚饭，我没走多远就回到了家，一屁股坐在藤椅上，因吃得太饱便觉得撑得慌，很想出去走动走动。

妻子说要到超市去顺便买点牛肉回来，给正在读高三的女儿做明天的早餐用。一般情况下，这事是妻子去做，我很少过问。室外虽然冷，但我可以借机出去走一趟，也好消化一下肚中食物。于是，我下楼到超市去。

从超市买完牛肉后，我就直奔漕运广场而去，围着水泥栏杆走两圈。冬夜寒冷，还伴有刺骨的风，广场上活动的人比以前少了许多，但仍有人在散步。我加入了人群中小跑了两三圈儿，忽然发现漕运广场西边商店门前的空旷地带，有一群人正在看热闹。我停下脚步，使劲儿地瞧了瞧，看不清楚究竟。于是，我好奇地凑近观看，只见一小男孩娴熟地骑着独轮车在跳绳，原来是在玩杂技，另外一位大一点的男孩和一位扎独角辫的小女孩正在收拾着东西。大家都好奇地问着孩子们问题，他们一边答着一边忙着，那个小女孩仔细地拾起散落在地上的一枚枚硬币，似乎正准备离开这儿，赶往别处。

很想继续欣赏他们的表演，可他们却要离开，我有些不甘

心，于是从口袋中摸出一枚硬币哄道："你再表演一下，我给你一元钱。"他望望我，接下了钱，用很浓的外地口音说："这有何难？你看吧。"他随即跨上独轮车，在人群缝隙中钻来钻去，随后还骑着车在原地跳了几十次绳，赢得了一阵又一阵掌声和惊叹声。站在一旁的观众他一言你一语地告诉我，这些小孩是从河南来的，他们说没有大人带着自己，我们都不信。我望了望这三个瘦弱的孩子，怎么也不相信就他们三人，我估计有大人躲在暗处，把小孩当作诱饵在钓钱，可我转而一想，似乎又讲不通，他们又不是行骗，而是靠玩杂技挣钱，没做什么见不得人的事。

这时，他们已经收拾停当，女孩骑着独轮车，最小的男孩步行，最大的男孩推着铁独轮车，向漕运广场的北边走去。我加紧脚步赶上了推铁独轮车的小男孩，想和他闲聊几句。我问他，真是从河南来的？没大人跟着？晚上住在哪儿？你们多大了？等等。他可能见我斯文，语气温和，没什么恶意，所以一一做了回答。他们来自河南某个小县，没大人跟着，晚上住在旅馆，三人花十块钱住一夜。三个小孩子中女孩子最大，13岁，他自己11岁，最小的8岁。出于职业的敏感，我接着问，你们为何不上学？他说，就不想上学，况且在他们那里不上学的孩子多着呢！

我半信半疑地打量着眼前的小男孩，衣着单薄，个子瘦小，他们家都是姊妹好几个，由此可以断定那里经济落后，计划生育政策很松，大人或许对他们爱莫能助，只能把他们早点推向社会，远赴千里为家庭挣点小钱，甚至让他们自谋生路，自生自灭。我禁不住心酸起来，因为我是教师，更是父亲。

在文峰超市前他们停了下来，将铁独轮车上面的东西一一拿下，似乎又要表演了。他们所有的家当就是一辆铁独轮车、两块木板、一只锣、一只鼓、一辆脚踩独轮车，还有一块红布、几只白铁皮碗等小杂物。

不一会儿，锣鼓响了起来，小女孩站在一大块红布上，将头朝后仰，将头和脚一直靠到一起。站立好久，她才起身一个接一个地翻起空心跟头，让人眼花缭乱。一个节目表演完毕，那个大男孩拿出了一个圆辘辘放在地上，再在上面摆了一长木板，头上放着空碗的女孩子小心翼翼地站在上面，将板的另一头由大男孩放上的叉子和白铁皮碗等物品一一踢进她头顶上大空碗。表演完后，女孩子挺起胸脯报了节目，随后才穿上厚点的衣服坐下来敲起了锣鼓。

大男孩上场了，他玩起了三把飞刀，只见他连续不断地把三把飞刀抛到空中，随即又一一接住，并且全神贯注地不断变换花样玩耍。许久，才聚拢了十多个行人。这时，最小的男孩手捧铁罐走到观众面前一一要钱，大多数人给了钱，个别人还赏了十元。走到我面前时，我掏出身上仅有的一元五角钱。站在旁边的几个人议论开来，也非常怀疑是否有大人跟随，否则就不可思议。如果此时，有个衣着破旧的或者行动诡秘的人在一旁走过，他们就指指点点，说不定其中就有他们的父母，只不过他们暂不现身。是啊！现在这个社会，有很多事情，甚至是很正常的事，大家都会投去疑惑的目光！不愿意将它放到阳光下看。哎，难怪啊！现在好坏人难辨，骗子难分，大家还是警惕点好！

风又大起来了，天很冷。我回到家中，把所见所闻讲给妻子听。妻子说，该说给女儿听听。女儿听后神色凝重地说："是啊！我们身在福中不知福，吃穿不愁。相比他们，我们庆幸多了，可我们也非常苦啊！"

是啊！我望着女儿黄巴巴的脸，真有点心疼，多想让她每天迟点起身，早点睡觉。可是，她马上要高考了，人家都在积极备

战，她岂能逍遥自在？

如果让我的女儿这么年幼就外去闯荡，我该会怎样地思念和痛苦呢？远在千里之外的这些父母或许正凭窗望月，泪流满面呢！

今夜，三个小孩子会在哪家小旅馆里瑟缩一夜呢？我坐在家里静静地听着窗外一阵紧似一阵的寒风，心中生出无限悲凉来。

葛老头

每天晚饭后，我都会出去转转，附近的新世纪广场和漕运广场是我必去的地方。漕运总督遗址大门前的广场上，有一群中老年妇女随着音乐翩翩起舞，我也凑过去看个热闹。突然，一个穿着古怪的老头站在最后面跳舞，显得格外显眼。他头戴白色的帽子，身穿白色的练武服，围在他身后的几个人，一边和他聊着，一边开心地笑着，我也饶有兴趣地向他走过去。这时，一位中年妇女走过来，说："你得交活动费，不交就不准参加。"他说："我偏不交。"我问他："多少钱？"他说："不是在乎钱，就是气人，我也是来锻炼的，也没打闹。她们都交一元，为啥叫我交两元啦！这儿可是人民广场，我也是人民啦！"见他这样认真地说，我忍俊不禁起来。后来，在人们的劝说下，那中年妇女也妥协了，也让他只交一元。"这才公平合理嘛！是我应该享受的人权。"他一边朝我们挤眉弄眼地笑起来，一边手舞足蹈着。

就这样，我几乎每天都来到这里。看到他，我就很快乐。听他幽默的话语，我就开心。不花钱就能寻到开心，在当今社会真是太不容易了。时间长了，我与他也熟了，对他的情况也多少了解一些，而且他那幽默的话语总是让我难以忘怀。他，姓葛，是位退休的老教师，今年72岁，参加过抗美援朝文艺演出慰问团。据他说耳不聋眼不花，中午还能吃两大碗饭。他每天晚上总会用一根棍子挑着两个破口袋，口袋里装着一些乱七八糟的东西。他还特别想和人聊天，且不论你是谁，不论你说啥，他都不恼不烦，显得快乐而幽默。

闲人总是喜欢东一句西一句地问他，想寻点开心。

问："你缺什么？"

他说："缺带孙子的人。"

"你自己为何不带？"

他一边跳着舞，一边笑着说："叫我看门，我睡觉；叫我带孙子，孙子会在我头上撒尿；叫我做饭，我连粥都烧糊掉；儿媳妇气得直跳，骂我这个老东西是废料。"他这一气呵成的顺口溜逗得我们捧腹大笑。这位老者真不简单，他用幽默去面对生活的无奈，去化解生活中的不幸和苦难。可他却不怎么笑，只是一个劲儿地跟在别人后面跳舞。

"你有几个子女？"

"三个儿子都在外，一个女儿在家把饭店开，害得我这个老头帮她到处去讨债。"

"你整天都乐呵呵的？没烦恼吧？"

"表面是嘻嘻哈哈，心里却是苦巴巴，唉！身边就是缺个她哟！"

"你不去找一个？儿女们反对吗？"

"有人爱你钱，有人爱你傻，知音的人儿，至今失散在茫茫

人海。"

"你真的到朝鲜去过？你是共产党员吗？"

"真的去过。听党话，跟党走，火车一直开到家门口。"

有一天，他突然从跳舞的人群中消失了，我心里觉得空荡荡的，失落得很。后来，听别人说，他在一个僻静的地方免费教一群孩子练武术。在别人的指点下，我找到了那个地方。一群小孩在蹲马步，他站在前面讲解、比画着，很是投入。我问他："这不影响小孩学习吗？他们的父母愿意吗？"他用一种奇怪的目光望着我，平静地说："只有身体健康，学习才会更好。"接着，又来了一句顺口溜——"不拐卖，不伤害，奉献健康，奉献爱，生活才会自由自在。"

他是个幽默、健康、快乐的老者，可有时我们为啥快乐不起来呢？在我的记忆中，只有童年才真正快乐过。我多么想达到他这种生活境界，可我没有修炼到他这高度。因为我的心灵暂时很难开启快乐的大门——我扪心自问，是什么原因让我快乐不起来呢？这个问题更让我困惑、痛苦。在看过拙心在《读者》杂志上撰写的《国人为什么不快乐》这篇文章后，我才若有所悟。

好一个快乐而幽默的葛老头，好一个孤独而豁达的葛老头，他给我们展示出人生的独特风采。他启迪我们的智慧，提升我们的人生境界！

然而，又有一天，他一个人孤单地、吃力地在大街上转悠着，身上背着垃圾袋子，到处张望着，像寻找垃圾似的，背也明显地驼多了。再也没有人去搭理他，哎！人老了就是这样的凄惨，从他的身上仿佛瞅见了我未来的某一天，心中禁不住酸酸的。然而，看他的样子还是乐滋滋的，真是不知人间愁滋味的老顽童啊！活得豁达如此的人，一生有何遗憾？

山一般的责任

天吝啬着阳光，慷慨着雨，在人们的愁眉间肆意泼洒着。

电视中人民子弟兵抗洪抢险的镜头，总在不停地闪现；扶老携幼的一幕幕更是令人感动，最困难的时候总会看到军人的身影，小汤山那动人的一幕幕早已烙在我的灵魂深处，不断激荡起我的热血。

从电话那头传来了家乡的消息，芦苇荡已是汪洋一片，养鱼、养蟹大户已经抹起悲伤的泪。我在想象着，那一条条昔日熟悉的河流正在桀骜不驯，那一片片芦苇在洪流中正在苦苦挣扎，荡畔人家心痛地看着洪水怎样把塘口撕开，掠走了自己的财富和汗水。父老乡亲们日夜守护在堆堤上誓死捍卫着自己的家园。这一切显得很远又很近，城市中的生活并没有因洪水肆虐而改变，一切似乎正常。在城市上班的我一脸无奈地望着天，心里祈祷着云开日出。

早晨，天像没醒似的，阴沉沉地下着暴雨。刚端上饭碗，单位就来了电话，要求准备靴子和雨衣，随时准备到抗洪一线去。说实在的，当时我正患重感冒，但一吃过早饭我就坐着三轮车到单位去了。机关工作人员正全副武装地集中在门口准备出发，给人一种兵临城下的紧张感，我自觉地加入到队伍中。

不一会儿，车子便来到了入海道大堤脚下。站在大堤上，面对着滚滚洪水，再也无法发出孔子"逝者如斯夫"的喟叹，更没

有苏轼"大江东去"的豪情，有的只是惊愕和责任。白茫茫一片洪水从南方奔涌而来，转眼又向北边飞驰而去。洪水时刻觊觎着这座城市，时刻在考验着我们的信心和毅力。入海道大堤就是一个巨大而有力的臂膀在日夜守护着学校、工厂、机关，等等。

大堤上每隔一段路就有一个遮挡风雨的棚子，它是大堤哨兵，日夜警惕地注视着堤外的一切动静，提防着洪水的任何阴谋。那一架架水泵，像一条条黑色的巨龙把城市积水向入海道排去，水流经过的堤上都牢牢地铺上了彩色塑料薄膜，牢牢地把泥沙护住。同时，我们也在为大堤设防，因为任何一处细小的管涌都会酿成无法想象的灾难。所以，区里的主要领导、局机关干部和淮城部分干群众志成城地奋战在大堤上，雨水、泥水、汗水无法分清，干部、群众也无法分清，装沙石或泥土的袋子从一双双满是泥巴的手中传递到急需的地方。

饿了就啃一口方便面，渴了就喝一口矿泉水，暴雨在人们的意志力面前逐步减弱了，我想在这条堤坝上有省长、市长、县长，但更多的是军人、农民、工厂、机关普通工作人员，一颗颗充满责任感的心紧紧地联在一起，形成牢不可破的"安全堤"，化成抵御水患的钢铁长城。

快中午了，各个单位留下了突击队，其余人员全部撤离，领队点到我名字时，我说我感冒了。随后，我就从一线"逃"了下来，下了堆堤我又很后悔。在这关键时刻，就因为一点小病当了一回"逃兵"。少我一个人也没什么，况且也没到万分危急的关头，我想用这种想法安慰自己，然而在内心深处，总有一种挥之不去的"逃兵"情结。

随后的两天里我多么希望能够重返"前线"呀！来弥补我的过错，抗洪抢险是每一位公民山一般的责任啊！我希望这个机会能有，但我也希望没有，因为我渴盼洪水早一天远离我们，远离我们的城市和人民。

一天晚上，年近七旬的老父亲打来电话说家乡的河堤看样子很难保住，政府要他们撤离；他要带着年仅十岁的孙子到我这儿住上一段日子。而年过花甲的丈人说什么也不离开家乡，因为他是老党员，正守着河堤不能走，听后让人动容，更让人惭愧。这使我更感觉到形势的严峻，我真不愿去想父老乡亲们扶老携幼逃离家园那种催人泪下的情景，尽管电视上会经常出现，但我还是非常希望它不要在我的眼前发生，谁愿意背井离乡呢？俗话说：金窝银窝不如自家的穷窝。守护家园是人类的本能，更是我们的责任。

雨还在下，我们一直在企盼着风调雨顺，然而这种企盼有时又会变成一厢情愿的事。一天早上上班时，忽然发现单位门口的黑板上抗洪抢险应急队人员的名单中有我的名字，我心头一热，在抗洪一线仍有一个位置时刻在召唤着我。我在心底悄悄地说我时刻准备着呢！！然而每当我想起"苟利国家生死以，岂因祸福避趋之"这充满豪情的诗句时，一种内疚感就会从心底油然而生。

接老父亲进城小住

很长时间没回老家了，真想回去看望老父亲。那天，我向朋友借辆车，带着妻子和女儿，吃过早饭就下乡了。到了那儿，老父亲正闲坐在大哥家屋檐下发愣。见到我们回家，他脸上立即挤

满了笑容。但笑容的背后总有一丝让人难以捉摸的落寞。因为老母亲已经去世十多年了，他日渐孤单，平日里连个谈话的伴儿都难找。

我们走进屋，嫂子从卖干货的摊位上走回来了。大哥仍旧守在那儿，期待着顾客的到来。我边喝茶，边和老父亲东扯西拉了一会儿，老父亲脸上始终挂着难得的笑容。临近中午，大哥推着装满货物的板车回家了，老父亲脸上的笑容明显减少了。大哥将货物放进屋，然后在屋中小椅子上坐定，叫嫂子沏一杯茶。他询问了我们身体、生活、工作等情况，我也问了侄儿暑假的学习安排情况。哥刚开始还很高兴，话多了便气愤起来。说起管教子女的事时，他一个劲儿地指责老父亲，说他经常庇护孙子和孙女。我知道，哥管教孩子常用的手段就是狠命地揍。我发现老父亲脸上没了笑容，渐渐地把头低下，像个犯错误的小孩。见此情景，我心里挺难受的。于是，我劝道："谁家的爷爷不这样啊？这是隔代亲嘛！"随后，我又将头转向老父亲说："哥教育小孩子，你别去管，只当没看见，跑出去玩！"老父亲头都没抬，愣在一旁，默不作声。见他这样，我心里禁不住叹了口气。人老了就没用了，而且也糊涂了！

我只好想方设法和大哥谈些让人高兴的话题，尽量少往教育孩子的事情上扯。过了会儿，我说："父亲和我进城待几天吧？"父亲听后摇摇头。随即，他又用眼睛的余光瞟了瞟我哥，就不吭声了。我媳妇说："到我们那儿待几天吧，想回来再把您送回来。"他犹豫了一下，还是摇了摇头。临到一位朋友家吃饭前，我说："父亲！你再想想，想去就把替换衣服准备好。"说完，我们就上了车。

吃完午饭，我就要急着进城去。妻子说，去问一下父亲，看他到底想不想进城？她不提这事，我就可能不去接他了，因为我上次听说他和大哥吵了几句嘴，便特意回来接他，他怎么都不愿和我走。他还说老待在一个地方习惯了，不想到任何地方去，尤其是城里。我想，还是女人心细。好啊！我请开车的师傅到街上去一下，看他愿不愿意进城待几天。

当车子到那儿时，他正在别人家门前的阴凉处乘凉。他见我们真来接他，立即笑逐颜开，随即拿来了一包替换衣服，和我们上了车。

到了我家，他像到了一个新奇的地方，四处瞧瞧，满心欢喜，连声说房子不错，能在城里拥有这样一个住所很不错了。其实，他以前也来过次把，只不过都是匆匆地来去。父亲是习惯过苦日子的人，向来容易满足。我也遗传了他的一些品格，也挺知足的。进城工作没多久就买了房子，若是拖到现在买房子，我得再背上十几万元的债。这十几万元钱，对我们这些工薪阶层来说，真是天文数字啊！

只要你有时间，老父亲就不停地和你聊，天南海北地聊，但大多还是我们老家那个村子里的人和事，还有就是他以前的事。人老了！就是靠回忆过日子。有时，谈起我们家以前的苦日子，眼里还噙着泪。尤其是我一个5岁的姐姐和3岁的弟弟夭折的事，他更是唏嘘再三。5岁的姐姐得的是菜乌病、3岁的弟弟患的是痢疾，先后病死了。归根到底就是没有钱看医生。要是换到现在，一切都没有问题。不一会儿，他又笑容满面地说，现在你们姊妹三人日子还算好过，不愁吃穿。于是，我和媳妇、女儿又跟着他笑起来。

第二天，我看外面的太阳光不强烈，就把他带到镇淮楼附近转转。他也非常乐意地跟在我后面，这使我想起小时候的情景。

母爱是盏灯
muai shi zhandeng

父亲偶尔带我上一次街，我总是用手拽紧他的衣角，生怕走散。现在，他老了！俗话说：老小孩嘛！他现在一切都得依赖我。我带着他围着镇淮楼转了一圈儿，并且和他讲与镇淮楼有关的故事。我看他多皱的脸上，洒满了笑容，天真得像个孩子！我怕他摸错路，还得把他带回来。如此带了两次，我便说下次再来，你在前面走，我在后面跟着，看你走得对不对！他高兴得只是呵呵地笑着。

待了好几天，他就能自由地在我家的附近走动了，但外出时间稍长一些，我还是有些担心，怕他摸不回来，于是，就到楼下找找他，只要发现他，我就放心回家了。他看到我，也只是笑着说："没关系，我能记得回家的路了。"

那天早上，他一大早就出去了。我也起身出去到新世纪广场散步，到了那儿，我见他和一位与他年纪相仿的老者在一边说话一边散步，给人有一种老朋友的感觉。我走过去和老父亲打了招呼，也与那位老者客气地点了点头。随后，我才朝有体育设施的地方走去。我随意地走走、跑跑，然后又往回走。远远地就看见老父亲在甩动胳膊和腿，我笑了。在农村久了，他大概没大见过这场面，情不自禁地做起了动作。他见我也朝他走过来，有点不大自然，怯怯地跟在我后面一起往回走。

快中午了，从常州回来了一位亲戚、一位学生，带了些东西到我家，妻子给他们泡了茶。喝杯茶后，我们就到楼下的饭店吃午饭。

吃了饭，我陪他们到浴室洗澡并睡了一觉。约莫四点钟，妻子打来电话，说她和女儿在淮中老师家补习，外面下雨了，要用车去接她们一下。我说，亲戚从常州带回的车在乡下还没有回来，你们在那儿等，车一到就去接你们。等了许久，车仍然没来。浴室里除了照明灯，别的都停了电，说是防止雷击。终于，车子回来了，驾驶员说一路上风狂雨急，不得不小心翼翼地开着车。于是，我们结了账。车子迅速朝淮安中学开去。

快要到淮安中学门口时，突然发现有警灯闪烁，而且在警车的后面排起了长龙。我们耐心地等了一会儿，却不见可以把车子开过去的迹象。外面雷电交加，妻子的电话也在不停地打着。无奈之下，我们只好绕道而去。到了那儿，校门口不见人影，我给她们打了电话。等了好久，她们才上了车。妻子说："老父亲在外面玩呢，他会待在楼下卖报纸家等我们。"女儿说："爷爷没穿什么衣服，该冷了吧！"我望了望暴雨如注的天，担忧起老父亲来。

车子开到了家楼下，我慌忙下车，朝楼下售报亭奔去，卖报纸的老头说他不在，而且也不知道他到哪里去了。我冒着雨急忙朝吕老师家跑去，因为吕老师和我们是同乡，她又与我老父亲熟悉，莫非在她家？我一口气跑上六楼，敲开吕老师家门，却又不见他。我失望地走下楼来，但我估计他不会走远的。我本想先把女儿的书包送家去，然后再到楼下慢慢找。可是刚到家门口，就发现他一个人呆呆地坐在楼梯口，像个雕塑。他见到我忙问，她们母子俩没遭雨吧？我说没事，我用车子把她们接回来了，现在饭店呢！

我开了门，让他进去再穿一件衬衫。他说不想去饭店，就一个人在家热口剩饭吃。我说没有什么人，只有一位学生和一位亲戚。在我的劝说下，他才同意跟我一起去。

第二天下午，我睡到近3点钟才起身，之后和妻子、女儿一起吃了西瓜。我对女儿说："得请爷爷吃西瓜。"女儿腿懒，不愿意去。于是，我就下楼去找他，同时，我也想顺便活动一下腿脚。只见他正和花店里的老头谈得欢，我说回家吃西瓜吧！他说

不想吃。我说吃一片吧！于是，他就跟我回家了。走在路上，他告诉我，有一中年人想叫他看护自行车，并且给他钱。父亲眼拙，以为是熟人，就说看就看吧！那人和气地说，你给我看一个小时，我给你10块钱。话没说完，那人就从口袋中掏出100元钱让他找零，老父亲拿在手中瞧了瞧，笑了笑说，你别骗我，这是假钱。那人认真地说，假钱？不会的吧！我刚从银行里提出来的。他一边说着，一边骑上车跑了。其实，这骗子找错人了。老父亲虽说上了年纪人又老实，但他毕竟是生意人，在假钱上吃过亏，自然不容易让人骗了。我告诉他，城里比乡下更复杂，要多个心眼，最好别和不熟悉的人打招呼。他点了点头说，知道！

有时，妻子叨唠我不做家务活，他只是笑一笑，并不说什么。这以后，他一大早就起身用拖把拖起了地，并且将家中的物品也摆放好。见此情景，妻子笑着说，他还是偏心儿子，不说半句批评的话，只是一个劲儿地自己多干点活。我见他这样，劝说道，家中人口少，事情本来就不多，你没事就出去走动走动。有时见他没处去，我就想带他到附近名人古迹转转。他却认真问道，要钱吗？我不能对他撒谎，只好说要钱，不过，钱不多，只要十几元。于是，他态度坚决地说不去！为了玩，花钱真是不值得。在我小时候，就是电影在我家门前的麦田里放，他也不去看，说要睡觉养精神，明天一早要踩石磙子碾蒲。哎！我怎么说呢，一切都是生活打磨出来的。

妻子听老父亲与别人说，他要待到快开学时才回老家去。可是眼看就要开学了，也没见他要走的意思。如果我们开学了，让他一人在家，我们真有点不放心。让他一人待在家中怕他孤单；如果让他外出溜达，又害怕走错了路再也摸不回家。两天后，我和一位报社记者要到老家学校办点事，有专车，不知他会不会和我们车子一起走。我和妻子又不好当面问他，如若问了就有撵他走的嫌疑。于是，我就在他面前提到有车子回老家的事，哪知生性爽直的老父亲竟然主动问："车子还有座位吗？好带上我吗？"我不加掩饰地回答道："有座位啊！"于是，他便和我们的车一起回到哥哥家。

走前，我给他两瓶酒。妻了叫女儿和爷爷打声招呼，老父亲在门口犹豫了一会儿，才慢慢地从口袋中掏出一百元钱给我女儿。这事，我后来才知道，我说怎么要他钱呢？他也没什么收入，能积蓄点钱真是很不容易的。

卖发卡的女人

下午，我走到金陵药房旁的大圣桥，只见一群女人围着一个漂亮的假女人头。那是个精致的头，一头披发，身体是一根不锈钢做的支架。我好奇地凑过去一瞧，只见一位站在栏杆边的女人，腰间别着一个小喇叭，嘴边翘着个小话筒。地上有一个大包，里面散乱地放着许多发卡。那女人声音有点沙哑地做起了发卡广告。

噢！原来是个卖发卡的小贩。围在一旁的是几个漂亮的女孩子，全是瀑布似的头发，乌黑发亮！真让人羡慕。在那卖发卡的女人指导下，她们一人买了一只，各自在头上做着不同的造型，见许多人围上来了，她们才依依不舍地陆续走开。

围过来的不少女人见这东西非常柔软好使，又不贵，便纷纷

购买。那卖发卡的对一旁观看的人说："这发卡目前只有南京、上海等大城市有，我马上也要走了，不买就没机会了，后悔也来不及。你看！"那女人将那漂亮的美女模型的头轻轻地一转说："我可以做出各种造型。"

一番宣传、示范之后，又有许多人心动了。有人问价钱。卖发卡的说，三元钱一只，五元钱两只。有人问，两元钱一只卖不卖？卖发卡的坚决地说："不卖，我是一口价。"见她这么坚决，有的悻悻地离开了，有的犹豫地转悠着、观望着，似乎等降价。现在人的话水分太大，说不准，等会儿，她就降价了。

过了许久，那先前走了的几个漂亮女孩子又来了，说要给家里人带一只。只见她们又一次纷纷挑选起来。美丽的发卡时而在她们手中变化着各种造型，时而落到她们的乌发上，让人眼花缭乱。

卖发卡的女人又借机做起了广告："你们看，这货质量好，价格又便宜，买一只回去试用，满意时再找我。我明天还在这附近再卖一天，后天再找我的话，你有空儿，我可就没空儿了。"

有一位头戴草帽的光头老人坐在桥栏杆上，也帮那女人做着广告似的说："真不贵，就两三元，买只回去试试吧！"离他几步远的卖瓜老头似乎嫌卖发卡的女人抢了他的风头，嘲笑那老头道："你为何不买个假发？再花几块钱买只发卡。"那戴草帽的老头听他这么一说，便不自在地讪讪走开了，转了一圈之后，才跑到那卖瓜的老头面前，递根香烟给他说："你这个老家伙！怎么说话呢？"一边说着，一边一脸窘相地离开了大圣桥。

站在一旁的妇女说："我认识这个秃头老人，是卖发卡女人的公公，在做媒子呢！"我愕然地望着这卖发卡的女人，以及那个虚假的漂亮的女人头！然后似信非信地点了点头走开了。我反正也不买，就是买一只回去，也不过是几元钱的事！这个当，一般人上得起！即使上了当，也没人愿意去追究！

小贩有小贩的智慧和生存本领！这世界本身就是五彩缤纷的！谁不是为了生存而殚精竭虑啊？

小姑父

上班的路上，我走进一条小巷，一位骑三轮车的女人突然喊我小姑父，我茫然地望着她，她朝我傻傻地笑。我以为她是在叫别人，所以朝四处看了看，见没有别人在。那女人又叫了一遍，我惊愕地望着她，她却一脸笑容地看着我认真地说，小姑父不认识人了？我以为遇到了神经病，赶忙加快脚步逃也似的跑了。她并没纠缠，骑着三轮车朝小巷深处游去。我知道她家就在附近。

莫非是住在乡下的远房亲戚搬进城了？我忽然这样傻想。因为前一次走在小巷里，也有人叫我小姑父。当时，四周也没别人，好像也只有她。当时，我想了许久，也无法从记忆中挤出任何蛛丝马迹证明她和我家有亲。后来，我向人打听，她家是老城里人，头脑有点迟钝。噢！其实她家根本和我没任何亲戚关系！于是，我心中释然了。

一天中午，吃完午饭，我照例出去散步，在府市口附近又遇到了她。她大声地叫着小姑父。我停下脚步，面带笑容地大声警告她，下回别再乱叫，我不是你家小姑父。那女人一边骑着三轮车，一边回过头来说："你就是我家小姑父，怎么了？不认人？"

我苦笑着摇了摇头，自嘲道："我既不是什么官，更不是什么有钱人，她何苦攀我这个亲戚？"

这事一晃，几个月过去了。我逐渐把这事淡忘了，或者说我根本没把这事放在心上。有一天晚上，我吃完晚饭，到楼下散步。走到金陵药店前，突然见到一群小青年儿在围着一个女人吵闹。我好奇地跑过去一瞧，只见那叫过我叫小姑父的女人，满脸是泪地用手死死地抱住三轮车，像抱紧自己的婴儿，生怕被一群染着各色头发的小青年儿夺走似的。

那女人见到我像看见救命稻草似的，一把紧紧地抓住我，连声说："这回我可有救了，我家小姑父来了。"可是，围住她的小青年儿都是染发文身的家伙，给人一种非善良之辈的感觉，我心中也有一种莫名的恐惧。见到这些人，我大多是唯恐避之不及。说真话，我真的想抽身溜走，不想管这和我没有任何关系的事。但小青年儿们听说我是她的小姑父，便纷纷地围住了我，要我替她给他们修摩托车。我只得硬着头皮问到底是怎么回事，其中一个瘦高个子告诉我，说她的三轮车撞坏了他的摩托车。我奇怪了，忙问，你们的车放哪里了？他用手指着公厕旁边的人行道说，就放在那儿的。就在我们上厕所的时间，她就将我们的车撞坏了。那女人坚称不是她撞坏的。这时，又走过来两个旁观者说车是她撞的，不过，那摩托车确实也是停在人行道上的。无奈之下，我只好打了110。

不一会儿，110过来了，这女人的家里人也来了。110要将这女人和几个小青年儿全部带到派出所。可是，这女人的家人说，她头脑不好，请别刺激她。没办法，那两个民警就地了解情况后，立即做出了处理。这女人无辜，没有理由让她出钱修车。但要把她那没牌照的三轮车带到所里。那几个小青年儿悻悻地走开了。可那女人仍死死地抓牢那车不让民警装上小卡车。民警无奈之下，也只好将车子留下，但告诫她的家人别再让她出来踏三轮。在她家人到来之后，我就一直待在一旁观望，心中没有了任何负担。

那女人见我要走，忙感激地说："谢谢小姑父！"我困窘而尴尬地望着她的家人。她的家人望了望我，说："是有点像！"原来，她家的小姑父也是位戴眼镜的，不久前和她家的小姑子离了婚。原因是她的小姑子到苏南打工时和工地上的一个小工头好上了。原来这"小姑父"的称呼里还有段故事，而且这"小姑父"还挺不幸的，是标准的第三者插足的受害者。

这社会很多事谁能说得清啊！我苦笑着摇摇头，回头望了望，想转身离开。这时，那女人大声地喊道："小姑父，谢谢你哟！"那轻松的傻笑让人有一种钻心的痛。

享受推销

走进商场，本想买一条素雅的领带，亮丽一下脖子。可当我刚走到电梯旁，一位衣着时髦、身披彩带的小姐柔声地问："老板，您的皮鞋需要擦一下吗？"我停下了脚步，下意识地低下头望着自己那灰蒙蒙的皮鞋，就在这时，一位小姐快速地在我的鞋面上丢下一摊白色的鞋油。我不知所措地站在那里，尴尬在周围人的目光中。

小姐望着我一副窘相，脸上不禁漾起了春天般微笑，甜甜地

说，老板，这是新产品，试用一下吧，买不买没关系。话没说完，她迅速地俯下身来用块布给我擦拭，三两下之后，那鞋立即新崭崭的；而没擦的那一只似乎就有点不相称了。于是我索性一屁股坐在那指定的小凳上，主动地伸出另一只脚来请那小姐继续擦拭。她一边擦拭，一边介绍着产品的性能：这是皇宇牌新鞋油，刚投放市场，顾客们反映良好，它富含绵羊油和毛蜡，集去污、上光、着色、防水和保养于一体，而且省时省力，一擦即亮。这些广告词经过这位小姐的嘴说出后，是那样的富有乐感和美感，几乎是一种享受。给我擦完之后，她还用那小巧的手在我的鞋面上轻轻地一摸说，看，一点污迹都没有，我也半信半疑地摸了一下，果真如此。

说实话，一番热情周到的服务之后，我真的不好意思立即走人，心里升起了一种买的欲望。我忙问一盒多少钱，小姐始终微笑着说，15元。我几乎没假思索地掏出15元钱来。我觉得花这15钱简直就是一种享受，而这鞋油的价格是否有水分，几乎没有多想。

电梯把我送到二楼，我径直走到领带专柜旁，一位营业员忙热情地迎上来，为我介绍各种花色品种的领带，而且不厌其烦地教我关于领带的各式各样的打法，但我最终选择了一条蓝底子印小白花的真丝拉链领带，因为在生活上我大多崇尚的是素雅和简洁，而非浓艳和烦琐。

走出商场，我深刻地感受到我国加入世贸组织后给我们的强烈竞争气息。我想那种"酒香不怕巷子深"的陈腐观念已经远远落伍了。学会推销是商品社会的需要，更是竞争的需要；而顾客享受推销更是一股不可阻挡的时代潮流，谁让你说顾客是上帝的呀！

灵性的水竹叶

在这小城的广场旁，一群人正伸长脖子围着一位矮小而黑瘦的农村女人，只见她正用剪刀和针线把一枚枚水竹叶编织成一只只绿色的蜻蜓、青蛙和蝴蝶，然后用细长柔软的竹条扣好悬挂起来，吸引着人们的眼球，它们仿佛随时可以振翅欲飞或纵身一跃，随后就会消失在森林中或田野里。出生在农村的我，在城市中待久了，忽然见到儿时的好伙伴，心中满是田园风光和草荡春色，记忆中的阵阵蛙鸣正此起彼伏。此时，我真想化一元钱买回去两只，可我摸遍了口袋，居然身无分文。

假如我能买回两只，定会把一只放在女儿的床头，惊喜她的目光，点缀她的日子，绿亮她的眼睛，使单调枯燥的学生生活流淌着一丝田野的清香，闪烁出田园的风光；另一只把它悬挂在我家的门楣上，我可以天天去亲近它、触摸它、想象它，心海中时时升起充满灵性的诗意，把我们的日子打扮得生机盎然，乡情浓郁。

我不知道水竹叶是不是就像我家乡的芦苇和蒲草那样生长在清亮亮的水中，起伏在野野的荡风中，摇曳到乡亲们致富的梦里。我想，那个心灵手巧女人生活的地方可能就是水竹叶的家乡，也许那里的风光水色更加怡然迷人。

流　浪

　　书本使人腻烦，音乐令人头疼，电视叫人乏味，一切都索然无趣。我执意要流浪半天。

　　我骑着自行车，走过熟悉的小镇，来到陌生的地方，流浪一下疲惫的心灵。路旁，芦芽青青，野花遍地，河面上游动着一群群欢叫的白鹅，呵，这是多么让人舒畅的乡村气息，它竟这般令人着迷。我索性把车子架在路旁，随便坐在河堤上，让乡村的风吹拂着我的头发，抹去尘世的遗憾。我自由地站在天地间，痛快地伸个懒腰，尽情地呼吸着清新的空气。我望着天际的云，抚弄着身旁的野花野草，我细细地品尝着这悠闲的时光。

　　我来到一个村庄，迎面走来一位卖豆芽的村姑。她很水灵，给人一种清水出芙蓉的感觉，那叫卖声清亮得像脆生生的豆芽。突然间，我觉得自己依旧是位英俊的少年。我望着她远去的背影，心灵深处莫名其妙地喜悦起来，尽管是陌路相逢，互相不知名姓。

　　走进村庄，只见一群大人、小孩手托着饭碗，站在门前或路口，我望着他们，他们也望着我，彼此都是一道风景。

　　快晌午了，我走进一家小饭店，买一瓶啤酒、一碟牛肉，安慰着辘辘饥肠，恍惚觉得自己是时间长河里的一叶扁舟。

　　走出小饭店，只见天空阴沉着脸，我骑着车子往回赶。家在前方将我召唤。

呵，那一片小树林

夏日，逃避那阵阵麻将声，走进一片可爱的小树林。

独自一人躺在竹椅上，望着风吹拂着蓬勃的绿草，身旁一弯清澈的小河幽幽地荡进了垂柳深处，河对岸有位少年顶着烈日赶着一群白鹅。我闭上眼睛享受着阵阵凉风的轻抚，恍若一枚荷花漂浮在清凉的水面。

我随手拿起一本《外国名家诗选》，放声朗诵了一首纪伯伦的《爱情的生命》："来呀！亲爱的！让我们到荒野去！冰雪已经消融，生命从梦乡苏醒，春在河谷、山坡蹒跚，摇曳……"一年四季里，那浓烈而又甜蜜的爱情让诗人陶醉，而我忘形于这一片属于我的小天地。

夕阳西下时，有位亭亭少女手捧着书本，在远处来回走动着，默默地背着什么。不知为什么，这情景令我想起那双清澈明亮的眸子，曾像星星般闪动在我寂寞的窗前。

忽然，不远处传来一阵嬉闹声，只见一群顽童闯了进来，蹲在地上就烧着什么。他们仿佛忘记了我的存在，甚至这个世界。我丢下诗集，饶有兴趣地走过去。他们烧的东西很香，那情景真让你馋涎欲滴了。我的童年也有属于我的皎洁的月亮、散发出清香的麦秸和无垠的田野。

呵！这片小树林！我愿心舟不时在这里停泊，让思绪在这清凉的风里慢慢地梳理，享受大自然赏赐的美好而又宁静的时光。

草荡情深

在父母与祖父母分家的时候，我家分到的财产仅为一桶稻谷、两个碗、两双筷子。每当父亲和母亲吵嘴时，母亲总是拿这些事来数落父亲，父亲只好耐着性子听。据说祖父母对我的父母还算是够慷慨的。

分家后，父母耕种几亩地积攒了一些钱，购置了一条小木船和拉鱼虾的网具等，于是我那童年的岁月几乎都与这绿草荡和父母赖以生存的船息息相关。

一年四季中，春的青青芦芽、夏的田田荷叶虽然给我增添不少童趣，但印象并不深刻。相反冬季那枯干的荷、刺骨的荡风、冰冷的荡水倒让我刻骨铭心。我穿着青色的小棉袄缩着身子乖乖地待在船舱，父亲则在齐腰深的水中拖着沉沉的网缓缓前行，母亲扎着头巾站在船尾迎着凛冽的风慢慢地撑着船，当一网网鱼虾被拉上来以后，母亲则弯着腰满脸喜悦地将鱼和虾大概分开。

夕阳西下时，父母们还没有干完活，我则舔着干裂的唇，眼巴巴地望着那泥捏的锅灶。等他们一切收拾停当后，船便停泊在能避风的长满芦苇的滩涂旁，父亲还时常跑到滩涂上偷偷地割几小捆芦苇藏在夹舱中，并且还在上面盖好木板，母亲则站在船头踮起脚尖仰着脸放着风，以防看护荡的老头发现，那时的我竟那般慌乱和紧张，仿佛做"贼"的是我自己。不一会儿，母亲就把燃烧着的芦苇伸进了锅灶，我和父亲则在一旁看着那不停跳动的火苗盼望着。莼头根粥终于煮好了，我便坐在父亲身旁捧着粗大的碗心满意足地喝着，身子暖洋洋的。

船上的生活似乎就这样日复一日。忽然有一天，父亲听说在学校读书的哥哥逃学后随人拉虾去了。父母急坏了，找遍了荡中的大小滩涂才发现了哥哥，找到之后自然是揍了一顿。但从那以后，父亲就决定卖掉船在岸上安了家，现在我才明白子女读书在父亲的心目中占有多么重要的位置。

我随父母虽然离开了荡，但绿草荡在我童年的心目中仍是一位富足而慷慨的妇人，因为她曾那般无私地接济着我的家和那些饥饿的日子。

上岸读书的时候，书本代替了荡成了我生活的主角，与荡亲近的机会少了，甚至有点疏远起来。在以粮为纲的年代里，当我每一次走进荡时，我总会发现那清澈的荡水、轻轻摇摆的水藻、自由穿梭的鱼儿们似乎都在随着荡一起吃了败仗，不停地撤退收缩着阵地。有时，我会痴痴地想，那水稻们站立的地方也许正是鱼儿们休憩的场所，那躲在荡深处的鱼儿们或许正思念着家乡，神情黯然地流着泪。在那个充满饥饿的年代里，谁有心思去关心那些鱼儿的哭泣，人们也许只能熟视无睹。然而荡的胸怀仍那般博大而宽广，她提供的蒲草给我们编织蒲包，为我们换来了油、米、盐，换回了我们倍感珍视的课本，换回了新年的新衣服；她提供的芦苇给我们编芦席和扇子，清凉着炎炎夏日；而那些杂草则在冬天温暖着我们的滴水成冰的日子……

在市场经济的今天，人们纷纷把目光投向了荡，仿佛发现了一个丰富的宝藏。于是荡纷纷地被瓜分、被肢解、被拍卖。在挖土机的轰鸣声中，荡里出现了一条又一条土圩框，而那些土圩仿佛一个个有力的胳膊，把鱼、虾、蟹搂紧在怀中做着致富的梦。

突然在一个夏季，洪水来了，它凶狠地撕开了一个又一个圩框，带走了一批又一批鱼、蟹、虾，躲在荡的深处幸灾乐祸。而养殖户们无奈地摸着口袋流着泪。此时，他们才逐渐觉得，不能再这样对待荡了，该学会和谐相处了。该长芦苇的地方就长芦苇，该长蒲草、荷藕的地方就长蒲草、荷藕，该养鱼虾的就养鱼虾，只有这样，我们才会在荡的怀抱中把生活打扮得鲜活而芬芳。

鱼虾们爱荡，我也爱荡。我想，我如果是它们，我会轻轻地抱着柔软的水藻，在荡的深处，夜夜做着流连忘返的梦，因为荡永远是我倍感温暖的家。

怀想蒲草

穿越岁月的时空，抵达记忆的深处，蒲草在无边的风中高低起伏，我仿佛感觉到风的清凉，触摸到蒲草柔软的肌肤和季节的心跳。蒲草和我的童年岁月如影随形，如今的梦境还时常出现它的身影，受到它的侵扰，使我的心情难以平静。

春天的蒲草芦芽青青，枯黄的滩涂透出无限生机，鸟儿躲藏其中唱歌怀春，鱼儿则蠢蠢欲动；夏日的蒲草青翠欲滴，根子像葱白儿似的，鱼儿在水中的蒲根旁弄出很响的动静，偶尔将头猛地蹿出水面咬一口青青的嫩草叶；秋天的蒲草日渐枯黄，像即将收割的庄稼，偶尔有几只鸟从蒲苇丛中箭一般地射向苍茫的天空，鸟的鸣叫声随即从天空划过。冬天水退滩现，一片枯槁，刺

母爱是盏灯
muai shi zhandeng

骨的寒风或低吟或肆意狂啸。在苍茫的天空下，时常有载着蒲草或芦苇的小船从萧索的寒风中在湖面上静静地驶过。草荡如画、如诗、如歌，绿草荡之美是人间大美，我非常惭愧，无法更淋漓尽致地将这种美表达出来，直抵你的心灵。

小时候，每到秋末或者初冬季节，大人们就到荡中滩涂去寻找留得高一些的蒲苇根子，找到之后先用弯弯的镰刀割，再用五齿耙来划，尽量多收获一些干草，省得回家再去晾晒。实在没有，就到有水的地方去割，然后再撒在自家的屋前屋后或者田埂上晒，待晒透后堆放在一起，需要用时便一次次少量地运到锅屋里。我母亲就经常这样做，因为她心雄眼红，几乎不懂得爱惜身体，即使是结冰的日子，也会拖着不适的身体去收割淹没在水中的蒲草根或者芦苇根。如果别人家的屋后只有一个蒲草堆子，我们家就要有两个，甚至更多。总之，一定要比别人家多，否则就寝食难安。村子里懒的人家，蒲草无法帮助他们度过一个个滴水成冰的冬天。而我们家一直要烧到第二年的春天，甚至夏天。偶尔，有些邻居和我家借点草烧，母亲不仅不恼，反而很是骄傲。正因为如此，母亲患了严重的类风湿关节炎，一生都被疼痛的阴影笼罩着。我们家为此付出了沉重的经济代价，以及无法言说的痛。

草荡中最金贵的当然是蒲草。你说蒲草是草，它确实是草，可在我们心中，尤其是在父母的心中，蒲草真是贵如金、美如玉。只要拥有蒲草似乎就拥有了一切，如果再把它变成蒲包，那就几乎能随便换什么了，日常生活不会有什么后顾之忧。我们可以用蒲包换得一些油盐酱醋，换些蔬菜，甚至鱼虾之类的东西。住在我家对岸的一个女人，经常用蒲包换油条、麻花之类的东西。有时，她家实在没有蒲包换，就欠人家的。待人家向她讨蒲

包没有时，她只好躲藏起来，让孩子哄骗人家说她不在家。在我母亲看来，麻花之类的东西是消闲的，算不得是主食，其行为是败家，不可宽恕。在我们那个临近绿草荡的小水村里，娶媳妇、姑娘出嫁甚至盖房子的许多资金大多是靠蒲包换得的。许多人家的房前屋后都堆放了许多捆起来的蒲草，人们把它苫成粮仓样，堆得越多就显得越富有，如果家中再有几个织蒲包能手，就会财源滚滚。俗话说，家有织包手，强如聚钱斗。

在我们家里，哥和姐是聚钱斗，邻居家的小兔子也是，可我不是，我经常因为完不成编织蒲包的任务而挨父母打骂。每当我拿到蒲包时，不问蒲草质量如何，我总会噘起小嘴说蒲草不好，为我完不成任务作个铺垫。哥和姐笑我是农采站的葛老头。那葛老头对去农采站卖蒲包的任何人，不问三七二十一，首先就是劈头盖脸地批评其蒲包质量不过关，然后再狠狠地杀价。在他手里很少有人把蒲包卖到一等的，大多是二等，甚至是次品。尽管我的学习成绩很不错，可在穷怕了的父母眼里，学习的事与编织蒲包比起来总是无足轻重的。所以，我很少看到父母对我的好脸色。

附近村子里，经常会有人到我们村子里买蒲草，有些眼馋的小媳妇只恨当初没嫁过来。买到蒲草回去后，总会有人带来几个漂亮的小姑娘到这里寻合适的小伙子相亲。如果成了，下次再来买蒲草至少有个落脚的地方。可是在我们小村子里做小媳妇也不容易，她们得认真学习编织蒲包的技术，并且在织蒲包的数量和质量上要狠下功夫。如果在编织蒲包上不如别人，自然是矮人一截了，往往被人瞧不起。

其实，蒲草在我们那里是寻常的东西，水塘里或者沟河旁时常长出些许蒲草。如果有人再从绿草荡里运来些蒲根，往沟河旁一栽，明年的春夏季节必然是蒲草茂盛。待到秋天，蒲草便会发黄、成熟，然后人们便在齐腰深的水里将它收割上来。体质弱的一般要穿皮裤衩子，体质好的，如果气温再高一点，大多会光着身子下水。然而，被各种虫或者蚂蟥叮咬是再正常不过的事了。蚂蟥通常贪婪得很，就是吸饱肚子也不松口，胆大的人会将它从腿上使劲拽出，然后扔掉或者用刀将它处死。胆小的便会惊叫起来，在别人帮助下才将蚂蟥从身体的皮肉里拽出。男人收割时，女人也会参与其中，辛苦可想而知。收割上来的蒲草扎成一捆一捆的，然后放在自家屋前屋后的树旁或者田埂旁晒。遇到连续晴朗的日子，蒲草很快就晒透了，可是遇到不好的天气，尤其是阴雨连绵的日子，蒲草便会变霉、发黑。这样的蒲草即使勉强编织成蒲包，蒲包的质量也不好，常常卖不到好价钱。

当然，草荡也给我们带来许多愉快的记忆。小时候，我随父母下荡玩耍，只要出了村口，来到荡边，便是满眼的绿色，天空中不时地飞过各种各样的鸟儿。荡水清澈见底，各种游鱼和水藻清晰可见！有时，我蹲在船边，看到青青的菱角或者小伞一般的荷叶，我就会伸手把它捉住，父亲也会将船停下，等我得手时才会继续撑船。我稳坐在小木船上，头顶着青荷抵挡着阳光，享受着清香而脆嫩的菱角。两旁长满了高高低低的芦苇和蒲草，有时是一大片的荷塘，一眼望不到头，各种鸟鸣都藏在其中，像一个动植物世界，人的出现往往会引起鸟儿的惊慌，打破了这里的和谐和宁静。

蒲草和芦苇通常是长在一起的，但是芦苇多了，甚至杂草多了，就会影响蒲草的生长。这些蒲草真的很奇怪，没有芦苇，它们长得就不会太旺盛。父母的做法是，在初春时节就尽量给它除去杂草，再除去一些芦苇，甚至给它们施些肥料。夏日里，蒲草

的长势就会非常旺盛。除了蒲草能编成蒲包外，蒲还会在夏天长出蒲黄和蒲棒头。可以说，夏季里，草荡也是个丰收的季节。

据说蒲黄这东西可入药，我和哥在自己面前挂只小蒲包，然后从船上将身子探到齐腰深的蒲草塘中寻找蒲黄。这蒲黄长得像北方的谷子，跟狗尾巴似的。我们把它一把揪住，然后将它的头摁下使劲一撸，便将满把的蒲黄放进了小蒲包。我们把蒲黄带回家后，就把它放在草席上晒，晒干之后，哥会用眼子很细的筛子一筛，把一些金黄如面粉一样的东西聚集起来，然后把它带到荡的东边一家供销社去卖，卖得的钱或者买书本或者买斤把毛线。余下的蒲黄渣子也不扔掉，而是将它放进猪食缸里泡，时间越长，猪越是喜欢吃。它是猪天然的绿色食品。

蒲棒头也是个好东西，纯天然蚊香。先把它放在屋顶或者围墙上晒干。只要在夏天，每到晚上，我们就会将它点燃，吃晚饭时，把它放在桌肚里，或者凳子旁，这样一来，蚊虫便会不轻易袭扰人。有时，我们还会把它安放在猪圈的门口，替猪驱逐蚊虫。每到晚上，大人们、孩子们时常每人手持一根燃烧着的蒲棒头，走到横卧在头溪河的大木桥上纳凉。有人会从桥上找个细小的洞眼，将蒲棒头的细小茎插进去慢慢燃烧，帮助享受清凉晚风的人们驱逐蚊虫。

如果说蒲黄是花蕾，蒲棒头是花朵，蒲棒就是支撑它们的强有力的茎。蒲棒是随蒲草一起收割上来的，也是要认真晒太阳的。有一段时期，蒲棒是挺值钱的，供销社的农采站专门收购，据说可以出口到日本赚钱。当时，村里有人说这日本人真傻，把我们当柴烧的东西当宝贝。可后来听说，这东西隔音效果非常好，在日本能派上大用场，究竟是什么用场不得而知。但不论怎么说，只要这东西值钱就卖，有人收就好，管它干吗！然而好景不长，没收几年就停了，说人家不要了，有新材料代替了。村里人立即骂开了，这日本人就是猴精！无奈之下，这蒲棒或者当柴烧或者作为盖屋子的辅助材料，基本上派不上大用场！因为它个头太矮，无法代替芦苇去支撑房屋。

小时候，我恨蒲草，因为它剥夺了童年太多玩耍的权利。长大了，在亲戚朋友面前会经常谈起蒲草，因为它给我们这些穷家庭太多太多的恩赐。在那段艰难的日子里，我们曾深深地感受过蒲草曾给我们的生活带来的温饱以及快乐。我知道是那柔软的蒲草一直在顽强地支撑着我们生活的天空。

船　屋

岸上有家，却只有锁在常年把守；荡中有家，那是他们把船屋牢牢地拴在绿草荡旁。一对中年男女出没其中，一年四季守护着网中的蟹，就像守护着自家的庄稼。

这个船屋，也确实像个家。男人请来几个瓦匠和木匠在十几吨的水泥船上用砖头砌成墙，围成屋。船屋与岸之间有条用木板搭起来的路。岸上有两条看家的大狼狗，一见陌生人，就眼露凶光，"汪汪"地狂吠起来，着实让人胆怯。屋子里摆着油光滑亮的桌，还有液化气灶、电视机、电话，这些东西多少透出些时代气息。

有时，男人在疲劳的时候，总喜欢坐在船头的小凳上，吸着烟，怀想着父辈的船以及儿时愉悦的光景。父亲把家也安在船

上，船上所有的家具似乎也只有一口锅、一个泥锅灶，以及捕鱼虾的一些工具了。那船像个流浪汉，满湖荡地跑，满河汊地溜。夜晚，船跑累了，父亲也累了，母亲把捕鱼的工具一一洗刷干净，把各种各样的鱼一一加以分类，然后把船撑进一处可以避风的地方。母亲做着晚饭，父亲蹲在船头吸着烟袋，那火光一亮一亮的，照着胡子拉碴的父亲，他感到温暖，又很安全……

男人吃完晚饭，看过《新闻联播》后，便钻进了被窝，男人和女人都很珍惜这样的日子。但每当他半夜醒来，听到在离船不远处一片不大的芦苇中传来叽叽喳喳的荡鸟声时，就会在他的心里泛起点点遗憾。如今，湖荡在人们意志的驯化下多了几分规范，过去的那野荡、野鱼、野蟹、野虾似乎已难觅踪影了，一切似乎都变乖了，连同他自己。

船屋是回了家的流浪汉，它播种着憧憬，收获着希望。船屋的日子在草荡的孵化下滋滋发育。

小店春秋

一

我被省属重点中学江苏省淮安中学录取了，这在村子里可算是大喜事，因为我是这个村子里"文革"后第一个考取这样名校的。年近八旬的奶奶也从内衣口袋中摸索出五元钱来，这种待遇在孙子辈中是没人享受过的。喜悦之余，父母对我高中三年上学的费用犯愁了。雪上加霜的是嫂子提出要分家，哥也不好说什么，因为他刚与前妻离了婚，不愿意在这问题惹恼刚结婚不久的嫂子，恐再生出什么事端来。父母也默认了，总不能因为我的原因伤了大家庭的和气，落得个容不下媳妇的话柄，给左邻右舍看笑话。

其实，在我们那儿，像我上学的费用一般是不成问题的。家家有编织蒲包的副业，一般人家的屋后都有成堆的蒲草。如果再有个织包能手，就能基本解决吃穿、孩子上学等问题了。可我家的情况就不一样了，哥嫂与我们分了家，姐姐也早出嫁了，母亲身体残疾，生活也不能自理，能织点蒲包的就算我了，可我要到城里上学去。

时间，父母一筹莫展。母亲考虑了好几天，终于鼓起勇气，征求父亲的意见，说："做生意吧？"父亲有点不太愿意，去挣乡里乡亲的钱多不好意思啊！他要到射阳湖那边去掏藕，掏藕虽然辛苦，但毕竟是靠自己劳力挣的钱，没有剥削人的意思。钱虽少点，可心中踏实，没有见不得人的地方。再加上父亲也读过几天师范，身上多少有点书生气。母亲说："掏藕非常辛苦，我身体残疾，要是你身体也累坏了，孩子的书更没法读了，做生意挣钱倒是比较容易的。"小时候，母亲随外婆逃荒要饭时，偶尔也做点小生意，日子比一般逃荒的人好过了。经过商量，父亲最终同意了母亲的意见。

父母在村中的桥头摆起了地摊，做起了生意。应该说，小店出现的直接原因就是我的上学。在那个刚改革开放的年代，做生意并不是一件体面的事，往往要遭人冷眼，甚至嘲笑。叔叔、婶婶们甚至奶奶都来劝我父母说："什么活不能干？偏去做生意了，不是让人家笑话吗？"父母脸上虽露出羞愧的神情，但还是执意去做生意。

在我记忆中，原先在村桥头做生意的只有一户人家，卖薄荷糖、麻花、葵花子等，那男人是个瘸腿，女人打扮着很清亮，脑后的小髻梳得一丝不乱，别致得很。在我读小学三年级时，这户人家被村里抄过不少东西，说是割资本主义尾巴。在我们幼小心灵里，就以为这家真犯了法，见人家流泪，我们总会幸灾乐祸，认为咎由自取，否则大队干部不会对他们那么凶！可现在父母因为生活所逼竟做起了生意，心里真不是滋味！我想说算了，可是又转念一想，父母靠什么本事挣钱供我读书？心中满是茫然和无奈。

最初，父母从蔬菜园批发一点瓜、角、茄、菜等回来，他们在桥的东头一棵大柳树下放了下来，见到熟人，他们都不好意思！每当有人走近搭话时，他们都会告诉人家二儿子考上高中了，没钱读书只好如此了。熟悉的人迟疑地点了点头，似乎能更好地理解和接受。快到中午时，批发来的东西也卖得差不多了，这就更增强了父母做生意的信心。于是，他们就再多批发一些，甚至用船到远一点的蔬菜园去批发。当然，货物多了也有卖不掉的时候，这时，母亲坐不住了，不停地唠叨起来，说什么本不见、利不归之类的话！父亲听后不是滋味，坐也不是站也不是，无奈之下，他只好挑起担子在村子里到处吆喝。

夏日的阳光格外炎热，父亲头戴草帽，肩披一条破旧的湿毛巾，挑着担子在村子里一声不吭地到处跑着，刚开始并没有什么效果，父亲大抵挑出去多少，挑回来的几乎还是多少，真正卖掉的很少。此时，母亲就再一次唠叨开了，甚至满脸怒气地说："你是死人吗？怎么舍不得喊几声？难道别人要你的命？"父亲像犯了错误的孩子一样坐在那里喝着早晨剩下的稀饭，一声不吭，满脸是汗。第二次、第三次出去时，父亲终于能鼓起勇气吆喝几声了，但卖出去的终究不多，母亲又指点说："你可以到隔壁村子去啊！那儿熟悉的人少，去卖东西的人也不多。"于是，父亲又照母亲的意思执行了，效果真的很好。每当担子空荡荡的回家时，父母的脸上都有了笑容。这时候，母亲会给父亲奖赏，那就是已经坏了一点的西红柿，把坏的部分用刀削去，将剩下的用糖一拌，夏日里能吃上这东西，算是够奢侈的了。父亲每次吃完后，那汗流满面的脸上总会流露出惬意甚至是幸福的神情。偶尔，他会用手从碗中捏一块出来给我，我迟疑地接了过来，那酸酸甜甜的味道真好，比六月里吃支棒冰还舒服。夏季收麦的时候，生意总是很忙，可哥嫂得忙自己的田地，腾不出时间帮我们，更何况嫂子从来也不赞成我家做生意，她怕丢人。这时，我会提出帮他们看地摊，母亲总是不让，认真地对我说："你还是在家读书吧！那才是正经事。"

没过几个月，西边的桥头也出现了卖蔬菜的人家，那户卡是对对眼，父母心中略略感到了不安。他们也在侥幸地想，桥东头的多数人家是亲戚，有多少人会好意思跑过桥去买那户人家的东西，更何况还有他们坐在桥头看着呢！同时，父母卖给亲朋的东西也便宜了一点，更客气多了，想尽力留住他们。然而让人尴尬的事还是发生了，有一些人跑过桥去买蔬菜，其中居然有我叔叔和堂兄弟。母亲的脸色更难看了，一个劲儿地骂父亲的兄弟姐妹都是混账，父亲偶尔被骂急了，会给她一巴掌，随后母亲就是没完没了地流眼泪。我总是劝他们，算了，别和人家计较了，或者降一点价吧！可事情并不像我们想的那样简单，就是降了价，还是有许多人走过桥去买东西，那些人走过父母的地摊时，多数是将脸侧过去，尽量回避父母的目光。更糟糕的是那人居然把一部分蔬菜直接运过桥来卖，似乎有故意挑衅的味道，父母几乎愤怒到了极点。哥发狠要揍那对对眼一顿，父母不同意，怕惹事生

非。无奈之下，父母也到桥西头设了一个分摊点，极力将价格降低，结果当然是两败俱伤。

有一次，那户人家刚把蔬菜放下，雷暴雨就开始了，那对对眼无处藏身，父亲要去帮他收拾蔬菜，母亲则拉着他的衣角。父亲还是挣脱了母亲的手，不仅帮他收拾好蔬菜，请他过来躲雨，还敬他烟，他非常感动，于是两户人家初步达成了协议，互不到对方"地盘"上卖东西，而且价格也基本保持一致。父母的心一时得到了宽慰。

没过几天平静的日子，靠桥头的一个光棍居然也挑来辣椒、西红柿之类的东西，价格卖得特别低，有捣乱的嫌疑。刚开始，他的生意真的非常好，不一会儿就卖光了。母亲见他这样心中满是气愤，但又没办法。父亲劝她不要与这光棍计较，认为他不会坚持下去，他能改掉赌钱和喝酒的习气吗？果然，他一旦得到钱，就去买肉和酒，然后呼朋唤友，中午喝得大醉，太阳落山了也不见他来收拾担子，后来还是他一个堂兄弟把他的担子以及担子里被太阳烘烤得干瘪的辣椒和快要腐烂的西红柿拿了回去。第二天早上，桥头没发现他。父母松了口气，心想这家伙连第二天也没坚持下来。

第三天，他又在桥头出现了，并且品种也多起来，分量也不少。看阵势是要大干一场，想彻底摆脱贫穷的面貌。那光棍一直在太阳底下蹲着，到了中午，也没卖出多少，因为父母也降了价，和他的价格差不多，几乎没有利润空间。中午，光棍向隔壁的邻居要碗饭，他也送给人家许多辣椒和西红柿作为交换。饭后，没多少人来买东西了，他就将剩余的东西带回了家。下午，他没有继续守候在担子旁边，据说，被人拖去玩麻将了，还输了不少钱，父母心中暗喜。然而，父母刚吃完晚饭，村子里突然骚动起来，听说那光棍因输了钱而喝了农药。父亲犹豫会儿，还是去看了，并且劝了他几句。在一旁陪同的堂弟说，要送他到镇医院去否则后果难料，但一时筹不出钱来。当他们将渴求的目光投向父亲时，父亲竟将脸侧过去。母亲听说后，拖着残疾的身体跑回家去拿来了钱。那光棍见此情景，眼中涌出了泪。母亲再三叮嘱说："孩子！以后可不能再赌了！"

此后，那个光棍到外地打工去了。临行前，他跑到我家向我父母赔了不是，并表示以后不论干什么，决不会做这种生意和你们捣蛋的。母亲从口袋中又掏出十元钱给他，他怎么也不愿意接受，说上次欠的钱还没还上呢！等出去挣了钱一定加倍还上。

做生意的烦心事还是非常多。有些人买了东西，当时就结了账。有的买了东西，当时没带钱，过不了几天就立即还清了。可是也有少数人欠了钱便置之脑后，不闻不问，父母一旦向他们提起这欠钱的事时，他们会很不高兴，甚至以后再也不来父母处买东西了，即使是我们家的亲戚也是如此。父母很是感慨，人啊！越来越难处，为什么变得这么自私？一个远房的堂哥，比我大三岁，和我曾坐在一张凳子上读过书。后来，他在村里为村干部跑龙套，村里一旦有客人来了，村干部便叫他去买菜。他到我父母处买东西大多是欠账。父母也清楚，村里买东西向来如此，但一旦到年底便会结清，不会差一分一厘的。可是到了年底，父母向他要钱时，他只还了一部分。父母向村会计一打听才知道，村里早把钱给他了。从此，父母每次看到他都向他索债，他被逼还了部分，但总留些尾子，永远不结清。时间一长，他到别人家去买东西了，再也不从父母处买。背后有人批评他时，他竟然振振有词地说："到别人家买东西还会有点好处呢！到叔叔家买什么好处也落不到。"

父母坚持做了几年生意帮我顺利读完高中。毕业后，我考取了淮阴师专，虽然父亲说以后不会有什么大出息，穷教师一个，但我家在经济上却彻底改变了，我们的吃饭钱基本上是国家给的，父母做生意挣的钱可以积攒在那里。

可是，就在我们走出经济困境时，家里却出现变故，哥又一次离了婚，再一次和我们生活在一起。虽然因哥结婚和离婚花费了家中不少钱，但哥终于能静下心来一心一意帮父母做生意。首先，他与堂哥协商，向他要了桥头边的一小块地给父母盖了一间低矮的房子，因为堂哥是村里的民兵营长兼生产队长，手中握有一定的权力，他将桥头靠厕所的一块废地划了一些给我家。这样一来，父母就不再将卖剩的蔬菜来回运了，而且还有了睡觉的地方。其次，无论刮风下雨，他总会骑着自行车到远处去背运货物，其吃苦精神让许多人称赞。

然而生意的竞争无论如何是避免不了，财绝对不会给一家发的。这是真理。村桥头出现了两家做生意的。一家是供销社在桥头设的点，主要经营烟酒。那开店的女人长得漂亮，村里的光棍都喜欢到她那儿买东西。母亲有时在背地里说，这些男人真是一群苍蝇，整天围着这骚女人。另一家则经常捣蛋。他家虽然是做缝纫的，可时常做蔬菜甚至蒲包生意，蔬菜的价格随意卖，因为他家根本就不在乎挣这钱，所以对我家有一定影响。有时，他们家会将收购来的蒲包一直堆放到父母小屋前，甚至在夏天他们也将成捆的蒲包堵住小屋的门，使父母门朝西的小屋更加闷热。他们欺侮父母年老无力，目的可能是将父母挤走，减少个竞争对手，好挣更多的钱。我实在看不下去了，便找那瘸腿男人理论，可是他根本就不讲道理，我一气之后，将他家放在小屋前的两捆蒲草推到堆堤下。这时，父母就会说："儿啊！要是你读的是做官的大学，人家会欺咱们吗?"面对他们的叹息，我只是困苦而无奈。现在想来，即使你真的做了官，也无法保证没人欺侮你。

父母亲虽然挣了点钱，可人际关系却越来越不好，特别是邻居。平时，他们可以随意到我们家的菜园里割韭菜，摘梨子。自从我们家做了生意，他们就再也不这样干了。每当这时，我心里总是堵得慌慌的。不论怎么说，我还是尽我所能帮助他们做好生意。每到春节，是生意最红火的时候，我总会通过朋友向乡供销社会计买一些计划煤油带回家。这样一来，父母就可以把煤油和糕果搭在一起卖出去。只要对方买了我家的糕果，我家就会卖煤油给他，而且和供销社的计划煤油一样的价格。这样一来，我家的生意做得非常红火。

父母挣钱除了让我受益外，姐也得到了强有力的资助。头胎生了女孩子的姐姐他们也单独过起日子，为了能发家致富，更是为了逃避计划生育，他们便向父母借钱买了条水泥船。他们本来只是想买艘15吨的船，可到了船厂，见村中和他们一起去的比他们还穷的人家竟然买了20吨以上的船。于是，他们又一次回来向我父母借钱，父母对子女向来是有求必应的，只要能办到的事，他们会倾其所有，尤其是父亲。当姐姐回家说明意思时，父母把箱子中的硬币都一股脑儿地倒给了他们。以前，姐是编织蒲包的能手，只要有蒲包编织，姐家的日子还是很好过的。但由于蒲包业的衰败，姐家的日子一天不如一天。姐时常骂道："人心怎么变得这样坏，竟然把没屁股的蒲包卖到山东去，这不是泥自家的门、断大家的财路吗? 还有谁敢到我们这儿收蒲包!"

是啊! 以前我们这里蒲包业红火，供销社一年三百六十日全都收蒲包，可后来改革开放了，供销社的蒲包收购站倒闭了，村子里出现了许多收购蒲包的个体户。他们为了挣钱，不择手段。

什么样的蒲包都收，起先蒲包是越来越小质量越来越差，后来他们干脆连没有屁股的蒲包也收。他们认为山东人傻，好糊弄。结果上了多次当的山东人再也不到村子里用车运蒲包了。村里的支柱产业终于垮掉了。

二

20 世纪 90 年代初，人们逐步接受了做生意，而且经商的意识越来越浓，村子里做生意的人家如雨后春笋，其中还包括村干部开的店。村子里能开店的地方都出现了小店：大大小小的桥头出现了小店，小学校附近出现了小店，就是要道口的河边也停泊着破水泥船，上面盖起了船屋式的小店。堂哥儿女亲家也做起了生意，这事对我家生意影响最大。他家首先向我父母住的地方要去了一半地，给她家盖起了小屋子，做起了和我父母一样的生意，甚至将摊子和父母的放在了一起。哥与堂哥之间的矛盾开始了，因为堂哥完全站在了亲家的一边，几乎是每天早上端着粥碗站在地摊前帮她家吆喝。堂哥是干部，人家却不过他的情面，许多人家都到那老女人家买东西。随着矛盾的日积月累，哥与堂哥之间几乎成了仇人。

就在我工作六七年之后，终于发生了一件对我们家给予致命打击的事，现在想起来，我的心口仍然很痛，我真的不愿再回忆这件事，但我又很想把它写下来。当时，我在学校教高三语文，校长让我一人去洛阳参加全国性的语文学术研讨会，可惜那年发了洪水，再加上那天路上我有点心神不宁，害怕出事，到了淮阴的我还是返回了家。哪知当天下午我就听说老家出事了，小店被社会上的一个小混混给砸了，当时头就嗡的一声炸了。我骑车急忙赶回家，只见小店一片狼藉，一家人都坐在家中，哭丧着脸，我真是气愤急了。我说为什么不去告他们？哥平时不是也可以吗？怎么就怕这一小混混呢？我想手提一根铁棍找那家伙算账，但还是被父母的手死死摁住了。

其实，论起辈分，那个混混是父母的孙子辈，他爷爷和我母亲是堂兄妹。他叔叔是派出所指导员，所以在村子里为所欲为，成为一霸，到处敲诈。正常情况下，他是不会欺侮到我们家头上的，更何况哥有把力气，也懂得些摔跤。每当他敲诈别人时，哥总是说他不敢和我们家作对的。哥眼睛红红地把事情的前后经过告诉了我。

事情原来是这样的：那天中午哥刚在亲戚家吃完酒，快到小店门口时，只见那小混混和我父亲争吵，甚至打了我父亲一拳。哥见此情景，不问三七二十一，上去就将其击倒在地，把他打得满地找牙，要不是当时有人拉架，哥不把他打死也把他打废。气是泄了，可麻烦却来了。那小混混可不是吃素的，平时有一帮狐朋狗友，颇有势力。那小混混不仅身带刀棍，还有一帮人跟着助阵。哥虽会些拳脚，见这阵势心中也怯了，只得闭门高挂免战牌。就这样，哥还不得不将他送进医院打点滴，认医药费。虽然如此，事情并没有了结，这一帮混混认为我家有钱，经常来找碴儿闹事。于是，我通过朋友找了从特务连回来的弟兄俩到这一帮混混的头目家进行文攻武卫才将这事了结，因为上了年纪的父母实在经不住这些事的折腾。我听说小混混和我家结下仇的原因就是他连续几天在隔壁做缝纫的人家吃饭，再加上前一天小混混的大舅子在我家买了坏鸭蛋后，父母没肯退货。这事肯定与这些有关。我不好过多地抱怨自己的父母不会处理事情，因为我时常面对苦了一辈的父母心怀愧意。

这事之后没几年，母亲因病去世了。哥嫂携儿带女，只得将店搬到离我们村子数十里外的镇上继续开着。当时，我已经到镇

里做代理秘书，说我是官不是官，说不是官但也有点官的名分。这样一来，哥在镇上开店就好多了，再加上我的学生在社会上也有股势力，而且大多数学生是敬重我的，所以不少人看在我的面上，哥在镇上开店还是较顺利的。几年后，他们小店的规模进一步扩大，做起了批发的生意，网点遍布全镇各个村庄。当他们在利润面前陶醉时，我总会提醒哥嫂说："人要诚信做生意，要老少无欺，生活要节俭，做人要低调，千万别惹是生非。"

只要生意好，哥嫂使点小手段、耍些小阴谋是常有的事。可我总觉得这样做生意容易使人心态扭曲，生活灰暗，看不到亮色。哥嫂有时见我劝说他们次数多了，他们会不耐烦地取笑我书读多了，人变呆傻了，如果按照我说的去做生意，连本钱都保不住。我想辩解，然而他们那一脸鄙薄的神情几乎使我无话可说。对此，我时常仰望星空，心中默默地祈祷。愿哥嫂福星高照，人往亮处走，心朝善处想。我能做到的仅此而已！

理想的鸭

能拥有几只会下蛋的鸭，是我一个小小的愿望。

终于有一天，我用自己积攒的钱买了 10 只毛茸茸的小鸭。我眼睛亮亮地望着鸭子，心想当哥哥、姐姐和自己再过生日的时候也能吃上一个鸭蛋了。虽然它比不上鸡蛋，但荡边人家的鸭蛋绝不亚于鸡蛋的味道，只是腥味大了点儿。

屋前是庄稼地，屋后是一条小河，野圩似乎更是辽阔无垠了。每当我放学回家的时候，我总是习惯地拖着一把铁锹，到家前屋后的空地上以及野圩上寻找躲藏蚯蚓的地方，身后立即跟随着一趟摇摇摆摆的、欢快的小鸭子。

妈妈在买鸭子时就再三地告诫我这鸭子的食量大得惊人，家中人口多粮食本来就不够吃，所以要经常为鸭挖点蚯蚓。我惊喜地发现野圩上的蚯蚓很多，鸭又特别喜欢吃。于是，鸭们一天比一天茁壮、肥硕了起来。

一个多月以后，从鸭们毛上可以分辨出公母来，我遗憾地发现，十只鸭中竟然有八只是公的。父亲说还需要买几只母的，否则这两只母鸭迟早会被别人家的鸭子拐走。那天晚上，父亲从牧鸭人那里买回了六只小母鸭，那鸭很瘦，目光有点野。于是，我把那六只鸭关在鸭栏里，让它们熟悉一下这鸭栏以及这院落，稍稍收敛一下野性。

几天以后，我用竹子把它们赶到河里，随后又赶回院中，如此三番五次的训练，目的是教它们出去后能顺利地摸回家。可是这些从牧鸭人那里买来的鸭子仍是野性十足，不满足于在水塘、小河中游玩、觅食，而是满湖荡地野跑，甚至有一天我放晚学后也不见它们回来，附近的水塘、小河里也不见它们的踪影。于是，我带着电筒，撑着小船满湖荡地寻找，终于在岸边的芦苇丛中发现这些慌叫着的鸭子。

从此之后，我把它们集体关在鸭栏中数日，以示惩罚。后来，还是在母亲不停唠叨着它们吃了不少粮食的声中，鸭子才被释放。下了河的鸭子们很兴奋地在水面上扑打着翅膀，大概是记取了被囚禁的滋味，鸭们比较正常地早出晚归了。

中秋节到了，那公鸭们的毛格外鲜艳起来，走起路来屁股直晃。一天中午，母亲到河边洗菜，恰巧遇上河那边支书家女人正

在杀鱼，支书家女人直夸我家的公鸭肥硕，还说他们家的支书就爱喝个鸭汤。母亲是聪明人，明白这话中意思。于是，父母一合计，最后决定给支书家和大队长家各送去两只。我知道做父母的心意，是想让刚高中毕业的哥哥能到村里谋一官半职，也好让他们在别人面前扬眉吐气，起码能少受别人的白眼和欺侮。

鸭能派上这么大的用场，这是我始料未及的。剩下的四只，一只送给我生产队的会计，父亲说人家是计工分的，送只鸭算不了什么，哪里补不起来啊？一只鸭送给了单独在一旁过日子的奶奶。中秋节那天，我家自然消灭了一只，那鸭烧扁豆真是有滋有味，让我狠狠地解了馋，过了瘾，并且陶醉了好些日子。

没过几天，哥哥到村里做个小跑腿的，父亲喜出望外地说这是书记对我家的恩典，我心想那是鸭子的功劳。农历一月十七是我的生日，父母说孩子为了这鸭吃了不少苦，也该犒劳一下了，于是把最后一只公鸭从鸭栏中捉出来放了血，那鸭像泥一样瘫在地上，我高兴地背着书包，想着扁豆烧鸭的滋味上学去了。中午放学回家的时候，我发现村长和大队长坐在家中，知道他们是朝着这鸭而来的，吃午饭时，我只好往饭碗里夹两块鸭翅膀，泡个鸭汤，站在屋子里不一会儿把两碗白饭吃进了肚中。

春天的一个早晨，我终于从鸭栏中掏出只蛋来。我兴奋地从堂屋跑到锅屋，在父母、哥姐们面前扬了扬，像挥着一面旗帜。鸭们似乎很争气，接二连三地下蛋，很难吃到鱼肉的他们如今也能吃到了鸭蛋，觉得很满足。父母也时常用鸭蛋换回油盐酱醋什么的回来。家里的日子似乎随着鸭蛋的降临而增色了不少。

然而好景不长。一天，父亲从外面拎回几只死鸭，据说是偷吃了人家稻田里的稻被人家打死了。这自然是情理之中的事，谁叫它们作践人家庄稼，但一想起鸭子见我时那欢快地扑着翅膀的情形时，我就觉得心痛。到了后来，鸭就剩下两只了，而且也不能够按时回来。甚至溜进野荡中玩，就是撑船也很难把它们赶回来。于是，父亲无奈地把正在下蛋的鸭卖了，换回了我上学用的书包和书本。当我背起沉甸甸书包时候，忽然间觉得父亲看我的眼神很像我看那母鸭肥嘟嘟的屁股。

鸭子没了，鸭栏空了。上过师范的父亲摸着我的头说："你也是咱家的一只鸭，但不能永远是只鸭啊，应该做一做白天鹅的梦，好让咱家发达起来。"我知道父亲说的白天鹅就是希望我日后能做个大官。后来，我也考上了师范，在城里念了几年书，毕业后又回到了乡村中学做一名乡村教师。我知道这是父亲走过的路，然而父亲只是刚开了头就结了尾，究其原因也不全怪父亲，那是生活所逼。当然，我也很想成为白天鹅，然而我没那个造化，无法支撑起父母的梦。

水村人戏称教师是牧鸭人，听到学生们在课堂上吵闹就说鸭子吵堂。我想，假如在我所教的学生中能出个把白天鹅，也算是实现了一个小小的理想，因为亮亮的白天鹅能明媚这个荡畔的小水村，撑起一片别样的天空。

怀想小桥流水

住在镇上，屋前是水泥路，屋后也是水泥路，虽然在雨天免受了泥泞之苦，然而没有了树，更不见小桥和流水，我有一种说不出的失落感。

离我家不远处有个通道，原是小木桥所在，桥的下面自然是潺潺流水，现在，河床里挤着一幢又一幢的楼房，却不见桥和流水的影子。此时，我们最想念的是那清澈的流水和水中柔软的水藻。特别是那水藻深处游来游去、尽情嬉戏的小鱼，真像在田野里、稻草堆旁捉迷藏的我和儿时的小伙伴们。如果能在河面上再出现一位放墨鸭的，特别是墨鸭擒到鱼时，我们会激动不已，甚至发出欢呼声。这种快乐始终洋溢在我童年的时空里，回响在我生命的记忆中。

夏日的夜晚，人们在吃过晚饭洗过热水澡后，大多待在电风扇旁，或者躲在空调下，而我总觉得不自在、不舒畅，只好待在那通道的风口纳凉。此时，我多么想回到家乡的那老屋啊！屋前有树和稻田，屋后也有树和流水，不远处还有大大小小的桥。每逢夏日，父亲便会找来芦席、稻草，柳树棍等在树下搭起了凉棚，一家人待在大自然的风里吃着粗茶淡饭，偶尔还会在自家的树上用线绑上鸣蝉。那是一种怎样的惬意和舒畅啊！这使人想起了"小桥流水人家"的优美诗句，它将人的社会属性和自然属性多么和谐地统一了起来。

离老屋几十米远处，有座很长的老木桥，到了夜晚，人们纷纷从家中逃出，摇着芭蕉扇或蒲草扇，不约而同地到桥上纳凉。这里有人讲故事、吹箫笛或拉二胡，说不准还有谁在人们掌声中来一段淮剧，亮一亮那动听的歌喉。我时常是在这种氛围中，躺在蒲草席上，望着银河，听着潺潺的流水声，感觉到夜晚的美妙和温馨，在不知不觉中进入了梦乡。有时一觉醒来，已是夜阑人散了。这种享受对于现在的我来说，几乎是一种奢望了，然而这个情结却难以释怀。

有时候，城里几个文朋诗友慕我家乡的绿草荡而来，而这正中我下怀，因为我虽住在绿草荡边，但也难得与草荡亲近亲近，每次得到这个机会，我总是和他们一起乘船贪婪地观赏着清新的荡水、蓬蓬勃勃的芦苇，以及那散发着诱人清香的荷叶和荷花。归来后，我顿觉身心清爽，五脏六腑仿佛都被那草荡特有的清香清洗过一般。同时，我们还会带回一些荷叶和荷花。其实，我们不仅在收获荷叶和荷花，更是收获着一种欢乐。

人们啊！在你盖高楼大厦时，最好能在那里种植几棵树，甚至造一座桥和流水。如果那里原本就有，千万别挤占了它们的位置，给它们留下一点生存的空间吧！没有了它们，我们的神经将会萎缩，生命将会脆弱，生活将会缺少魅力。把家安置在既交通便利，又有小桥流水、绿树成荫的地方——这绝不仅仅是少数人的梦想。

向日葵叶片

夏日里那蓬蓬勃勃、郁郁葱葱的向日葵叶片不时在我记忆的天空里沙沙作响，时常把我拉回童年时代。

在我七八岁光景，母亲就患了严重的类风湿性关节炎，据说这是母亲不知顾惜身体积劳成疾的结果。那时给母亲买药治病几乎成了家庭生活的全部，使我们这个经济本就不宽裕的家庭陷入了困境。为了节省钱，母亲到处打听治疗这种病的偏方。听说，黑母鸡蛋蒸冰糖能治好病，我们就到处去买。听说远处有仙水可治病，姐姐就陪着母亲去。可是，效果还是不明显。后来，母亲

不知从哪儿听说蒸熟后的向日葵叶片覆盖在关节处可以消肿、止痛。每到阳春三月，母亲便在家前屋后种下向日葵种子，我也曾偷偷地在一个土旮旯里种下几粒，而种子的发芽、生长竟成了我美好的期待和希望，有时那肥硕的向日葵叶片竟会走到我的梦里来。

到了夏天，向日葵高大起来了，我们姊妹三人挎着竹篮像收获庄稼一样收获着叶片。随后，便把带回家的叶片放在锅中蒸熟，母亲坐在柴席上，哥哥那一双不怕烫的手将一片片叶子小心地放在母亲的关节处，母亲则咬着牙忍受着每一张滚烫的叶片。每过几分钟，母亲就又叫哥换热的向日葵叶片。几番折腾后，母亲说，是感觉舒服多了。见母亲舒服了，我们也跟着高兴起来。然而，家前屋后的叶子毕竟是有限的，于是我们就到野圩上、别人家的瓜田边去采摘。碰到刻薄的人家，对方会恶声恶气地将我们赶走，说我们会踩坏他家的瓜。碰到和气的，对方会主动帮助我们。

有一次，当我很兴奋地朝瓜田里、稻田旁那一排高大的向日葵走去时，突然冒出一个黑乎乎的蛇头来，吓得我拔腿便溜，跑了许久，我瘫坐在安全地方时，竟发现父亲为我刚买的凉鞋落了一只在瓜田里，我沮丧地摸着那只满是泥巴的光脚，大声地哭了。这时，一位老奶奶朝我走来，当她听完我的哭诉后，便热心地为我找来了那只凉鞋，还帮我摘了一篮子叶片。我含着热泪接了过来，这一幕情景至今仍让我的记忆温暖如春。等我回家时，哥和姐都不太相信我会摘这么多叶片，后来，当我实话告诉他们时，他们才似信非信地点了点头。母亲听完我的故事后，眼里含着泪。

有一天，偶尔翻开迟轲著的《西方美术史话》，在那彩色的扉页上看到了荷兰画家凡高作的《向日葵》。画中花朵飞扬的神态和秋天成熟了的葵子饱满沉实，流淌出凡高的艺术天才和修养，一幅《向日葵》因此就获得永恒和不朽。不知为啥，画家独钟情于花朵而忽视叶子，假如我是画家，我会在形似手掌、绿意盎然的叶片上不吝啬笔墨的，会向它倾注着更多更多的情感。因为，叶片给我太多的记忆，时常会生出无限情思来。

我和家乡的老木桥

一走出家门，便是桥，然而令我难以忘怀的却是那一座又歪斜、又是大窟窿套着小窟窿的溪河老木桥了。

老木桥横卧在大溪河上。我家住在桥东，桥西有座用土垒起的庙，后来庙中的神像自然是被打倒了，剩下的只是空荡荡的四壁，但再在里面挂上一块黑板，便是我从一年级到三年级的教室了。我在那里面度过了许多愉快的日子。一天除了讲两个故事外，剩余的全是玩儿。

但叫我不快的就是这座老木桥了，每逢雨天，我总是担惊受怕地爬过去。桥很滑，而且窟窿下面就是湍急的河流，走是根本不行的，就是爬，两手中也要有稻草，腿还不住地发抖。奶奶常要拄拐杖送我，而我总是不让。

每次总是害怕掉下去，但每次都过去了，我算是很幸运的了。我当时认为即使是掉下去，也不会溺死，因为奶奶给我做过水关。

母爱是盏灯
muai shi zhandeng

和我一起念书的共好几个，年龄相仿，又都很顽皮。每逢村上的二痴子过桥时，他们就迅速跑上桥，等她走到中间时，便叉开两腿使劲地摇了起来，嘴里"噢、噢"地不停地嚷着。她胆小，只好蹲下来哭着、骂着，他们却开心地跑了。我觉得不忍，总是劝他们以后别这么干，因为她从来没伤害过我们，而且还有一颗慈母般的心。

有一次，弟弟在河边玩水，她使劲地拉他们上来，手指着水吓唬道："有……水鬼！拖你！"弟弟被吓得大哭起来，回去后，奶奶叫了好几天，弟弟的魂总算回来了。于是奶奶欢天喜地唠叨说："她是好人啊！老天没睁眼。"长大后，我才知道她是位大学生，被打成右派后，男人与她划清了"界限"，而且那亲生的儿子也被她男人家的人夺走了，于是，她疯了。

学雷锋那一阵子，我经常守候在桥头等好事做。一个夏季的中午，有位老奶奶要过桥，我急忙跑过去搀扶她，哪知刚走到中间，她的一只茄子掉下河了。老奶奶可急坏了，因为一共才买了几个，这是她的几顿小菜啊！我见状真想从桥上跳下去把它捞上来，那可会受到老师的大大表扬呢。可我不敢，我只能游两三丈远，而且从没跳过水。我只好鼓起勇气说："奶奶，您别急，等茄子靠近些，我就下去。"茄子漂了老远，只是仍在中间，幸好遇到一位大哥哥在游泳，我只有向他求援了。他真是好水性，一手划着水，一手举起了茄子。老奶奶高兴了，要赏我一片梨瓜，我哪肯接受，该感谢的不是我，而是那位大哥哥。

现在，一座又宽又长的大水泥桥取代了老木桥，两岸垂柳依依。河两边停泊着装满货物的大小船只，桥两头出现了琳琅满目的各种商店。我长大了，老木桥不见了，可它还常在我眼前晃晃悠悠的。

我家的梨树

在我十一二岁光景，哥哥不知从哪儿弄来了两棵梨树苗，把它们栽在门前的麦田边。我喜滋滋地想，以后每年的夏天就能吃上甜甜的梨了，也可以摘几个分给小伙伴们了。可是过了两年，梨树才在我的期待中结出了果子。

梨树渐渐长得粗大了。每到阳春三月，"忽如一夜春风来，千树万树梨花开"。在梨花盛开的季节，我家可就热闹了，邻居家的人人们和孩子们时常围着它转悠、欣赏，有时还和它们拍个照、留个影。当梨子成熟时，来来往往的孩子们眼都馋馋的，他们缠着我的母亲或奶奶赖在我家门口不走，我母亲总会摘一两个梨送给他们，然后慈祥地用手摸一摸那茶壶样的头。到了真正收获梨子的日子，邻居家的孩子们总会来玩耍、帮忙，共同分享着收获的喜悦。

有一年，梨树结的果子又多又大。一天，哥哥突然问我是否摘了梨分给了小伙伴，我肯定地摇着头说没有。哥说可能被人偷了，需防着点。夏日无风的夜晚显得闷热，哥和我都没有睡意，窗外突然传来沙沙声，我们很快意识到有人偷梨。哥和我拿着手电筒猫手猫脚地推开芦帘，向梨树方向移动。树上没人，树下一件衣服上面放着几只梨。哥说，"贼"不会走远，我跟在哥的后面向瓜田走去。果然"贼"从瓜田里冒了出来，瑟瑟地抖着，乖乖地成了"俘虏"。我认识他，年纪和我相仿，家住在村东头，

父母已过世了。我跟哥商量，放了他算了。哥却给"贼"两个巴掌。事后，哥说对待贼就得凶点。

在我到城里读书的那一年，哥也成了家。为了还清家庭债务，为了让我能完成学业，哥和父母在村里的桥头开个小店做起了生意。做了几年生意后，哥买了许多砖砌成院墙，同时把两棵梨树移栽到院里，一棵活了下来，一棵死了。又到梨子成熟季节，我欲摘几个梨分给邻居家的小孩，母亲却说一斤梨要卖5角钱，卖一斤白菜能赚几分钱呢？后来，我家还清了债务，又盖起新房，可是到了梨花盛开的季节，却再也没有邻居家的小孩来玩耍、拍照了，往日的热闹消失了，梨树花下只有我一人在转悠，我惘然若失！

香喷喷的黏面饼

小时候，父母总给我规定纺织蒲包的数量，玩的权利几乎被剥夺了。邻居家有位年龄和我相仿的小伙伴，他织包快，且质量好。我常常带着碾熟了的蒲到他家和他一起织。由于比我一个人待在家织的蒲包多，母亲自然也乐意我到邻居家去了。

邻居家的大妈很和善，常常把自己从稻田里拾回来的稻子，用磨子碾出面粉来做饼。在她家织包的日子里，偶尔也遇着她家做饼，大妈总会用锅铲铲一块给我。那黏面饼热腾腾、香喷喷的，好吃极了！有一次，为了争一只小麻雀，我和邻居家的小伙伴闹翻了脸，他总是羞我馋嘴，于是我再也不到他家去了。后来，母亲就对我许诺说："你每天织8只蒲包，5天后做顿饼吃。"我每天都一刻不停地纺织着。5天过去了，我总共纺织了45只，可那香喷喷的粘面饼却没能及时兑现，我伤心地哭了。

那天，我独自待在草垛上望着远方，邻居家的小伙伴草堆下挥舞着小手邀我到他家织包，并要和我重修旧好。实际上，我早就盼和好这一天了。于是，我高兴地下了草垛，从家中拿着蒲草到他家和他一起织去了。

那天下午，邻居家的大妈又做起了饼，那诱人的香味直往鼻孔里钻，真让我流口水；可我仍不动声色地织着包，不敢拿眼朝锅台上瞅。当她慈祥地把饼铲给我时，我犹豫地望着小伙伴，小伙伴正朝我友好地笑着，我这才怯生生地接下了饼。这时，姐姐突然出现在我面前，一把夺下我手中的饼，揪紧我的耳朵往家走，仿佛逮住贼。父亲吼道："跪下！以后不准馋人家东西。"我无力地跪下，委屈地流着泪，沮丧地想着每天编8只蒲包，而母亲没能兑现的许诺。这时，邻居家的大妈走到我面前，一把拉起了我，朝我父亲笑着解释道："这饼，是我要给的，不是孩子伸手要的。"

许多年过去了，我和邻居家的小伙伴都长大成人了，但那香喷喷的黏面饼却总会浮现在我记忆里。每当我想到这饼，它总会使我更认真地与人友善、挚爱别人，做个心地善良的好人。如今，邻居家的小伙伴在外发了，却因父亲分配家产的不公而不再寄给父母一分钱，甚至不愿回家走一趟，看一次白发苍苍的老母亲。难道他真的忘了在穷困时候那香甜的黏面饼吗？我每次回家，看到邻居家的大妈，总是亲切迎上去，向她问一声好，陪她唠叨几句家常。她每次看到我总会流泪。我竟无力向她更多地表达她曾给我的憧憬和希望。

母爱是盏灯
muai shi zhandeng

假如有一天，我能幸运地遇上昔日的小伙伴，我定会和他谈谈那香喷喷的黏面饼，以及白发母亲的思儿泪。

我家的猫

记得在老家时，家中老鼠横行，衣物、粮食等常被破坏，于是母亲从亲戚家借来一只大花猫。此猫凶猛异常，上树能捉鸟，河边能叼鱼，附近十几家因此免遭鼠害。那天下午，不知为啥猫痛苦地号叫着，呕吐着，左邻右舍忙来观看，大家都猜测是吞进了吃了鼠药的老鼠。我赶忙用畚箕把它捧着跑向村卫生室，请医生为它打了一针，但它还是在抽搐、挣扎，呻吟中死去了。这一幕情景给我留下一个痛苦的记忆，我在心中默默地发誓再也不养猫了。

在我结婚后，学校分给我一间房子，于是我把小家庭安在了学校。尽管屋里是水泥地面，但老鼠似乎无处不钻，无处不藏，给我带来不少麻烦。在一个既闷热又烦人的夜晚，我好不容易入睡，又被老鼠撕咬衣物的声音惊醒了。我心烦意乱地坐了起来，推醒了身边熟睡的妻子。听其声音，又像是在衣橱中，又像躲在写字台里，我们只好用竹竿到处试探着，敲打着，突然，有两只老鼠不知从哪儿跳了出来，但瞬间又不见了影踪。我浑身是汗地笑着对妻子说："逮老鼠，我们可不在行，看样子，还得要养只猫。"

没过两天，一只小花猫就在我家安家落户了。刚开始，它就初显身手，捉了好几只小老鼠，家中也因此平静了许多。在它渐渐长大的过程中，家中的老鼠被它轻而易举地收拾干净。甚至还能去管一管邻居家的闲事……猫失业了，也被冷落了。原来在夜晚是一定把它锁在家中的，后来则与之相反。因此每到夜晚，它有时在窗户下叫喊几声，有时用爪子敲打几下门。说心里话有时真于心不忍，初春的一个夜晚，猫怪叫不停，从门前喊到屋后，我忙打开门。它钻了进来，乖乖地躺在沙发上，第二天八点钟左右，老猫生下了三只小猫。只见老猫在搂着、舔着，仿佛是母亲在亲昵新生的婴儿。它与人类母爱的相似往往令人难以置信，只要窝中的小猫一叫，老猫即使在吃味美的鱼也会立即跑到窝旁，看到自己的孩子安然无恙后，才放心地去吃东西。如果有人把小猫抓起来瞧瞧，老猫也会立即跑到那人跟前像人一样蹲着，不断地朝他叫着，等他把小猫放在地上，它才不再叫喊，摇着尾巴，忙用舌头去舔舔自己的孩子，一个多月后，小猫逐渐长大了，于是趁老猫不在家，让人家抱走了两只，我家的小女儿噘起小嘴，嗔怪她母亲道："你太狠心了，怎能让人家母子分离呢?"后来，老猫回到家中，发现"两个孩子"不见踪影，它不吃不喝了两三天，而且还在不停地叫喊着。

老猫更瘦了，有时呆坐在屋后的路旁，朝路的那头望去，仿佛在盼望着母子重逢的那一天。

荡　鸟

在我八九岁的光景，父亲和哥哥常在蒲包盛开的季节和本生产队几十名社员一起撑船下荡撸蒲黄。那时的我，家虽住在荡

母爱是盏灯
muai shi zhandeng

边，但也难得到荡中玩耍一次。有一天，我缠着母亲，以只下荡玩一天、以后每天编 10 只包的许诺，换得了母亲允许我随父亲和哥哥下荡去玩的机会。

来到荡中，只见湖水清澈，游鱼嬉戏在水藻中间；荷叶连连，荷花朵朵，空气中弥漫着宜人的清香；芦苇丛丛，有水鸟在婉转；船成"一"字形摆开，大人们撑着它慢慢向蒲草深处游去。父亲和哥哥一边撸着蒲黄，一边拾着鸟蛋，逮着小鸟。我待在船舱里，只见一只只活蹦乱跳的尖嘴长腿雏鸟被摔死，变成了肉球，不一会儿就装了半脸盆。我仿佛已经闻到了那诱人的肉香味，空荡荡的肚子更是"咕咕"地响个不停。我们家已有一个多月没吃上肉了。但我又多么希望他们不要把鸟摔死，让我带回去好好饲养它们，与我做伴。我央求哥哥好半天，哥哥才终于答应了我，给了我一只已长出羽毛的小鸟。从此，我多了一个伙伴。我在一只篮子里放些草算是它的家。刚开始，我用些碎米或者饭粒来喂它，可是它只望了望，就再也不理会了。我想它是在荡中长大的，肯定会喜欢吃小鱼小虾的了。于是，我就拿起家中的新菜篮子到河边，看准水草多，小鱼经常出没的地方，把篮子猛地往水中一沉，再一兜，然后把篮子里的东西一股脑儿地倒在岸边，捉到些活蹦乱跳的小鱼小虾。当我把这些小鱼虾放到荡鸟面前时，它一啄一个，这可把我乐坏了，可我常害怕父母发现，于是我把篮子上的水草和泥巴洗得一干二净，再放回原处。

一晃，一个多月过去了，它长出了许多新羽毛。我呆呆地望着它，要是有一天展翅飞向蓝天时，它肯定会经常回来看我的，甚至会在我的肩膀上作短暂栖息。那该多棒啊！小伙伴们一定会非常羡慕我的。可是，有一天它被对岸的舅舅发现，舅舅告诉了母亲。为了惩罚我，父亲让我亲自把鸟摔死。我哭闹了一番，不愿干，但在父亲威严面前屈服了。鸟死了，是死在我手中的，那双遥望蓝天的眼睛是那样哀伤而又无助。每当我想起它，我总会十分沮丧而又遗憾，我竟成了刽子手。母亲把它与小咸菜做成一道菜。哥哥和姐姐有滋有味地吃着。我待在一旁抹着泪，父亲说我为了一只鸟竟流下了眼泪，以后不会成就大事。

人间的冷暖

一块烧饼

儿时，我曾随父母的渔船漂泊过，在我的记忆深处，镌刻着一块烧饼的故事。它，虽没有传奇的色彩，也没有催人泪下的情节，但那股温情却积淀在我的血液里。在我家揭不开锅时，是他——一位划着小船的老人，用双手送来一股诱人的芳香，一片炙人的温暖，在我的天空里永远有一片属于他的蔚蓝。

姐弟俩

那个冬天真冷，冰结在人们的心里。

一天晚上，母亲抱草时，发现草堆里瑟缩着姐弟俩，就把他们带回家，给他们换上棉衣，让他们围在火盆旁。父亲慈祥地笑着，哥哥、姐姐们友好地笑着。他们像回到温暖的家，再没有任何羞怯、拘束，只有两行激动的泪水，流进热腾腾的白米粥。从此，他们的记忆里便珍藏着一段美好的故事。天晴时，姐弟俩出

去转几家填饱肚子，下雨时，就和我们一起吃饭。因为我们家也实在无力供养得住七八个肚皮，住了一年，他们便含着泪回家了。

十多年过去了，这股温暖却膨胀在我的记忆里。（现在，他们一定生活得很好吧！）

候车室里

坐在候车室，我漫不经心地翻阅着一本杂志，不远处坐着一个漂亮的少女。这时，一位用膝盖走路的乞丐挪到我面前，向我磕头乞讨。面对着他，心里有股说不出的难过和酸楚。他也是有血有肉的人，却这样生存着。我毫不迟疑地掏出两毛钱放在他手上。他又挪到那少女面前，也磕头、乞讨。"没钱！"她冷冷地说。那乞丐讨磨蹭了一会儿，便愤愤地骂了几句脏话，又挪到了别处。

我的心紧缩了起来，美貌黯然失色了，自己那种纯真的怜悯被欺骗、侮辱了，刹那间，我看清了人类丑陋的一面。

月夜钓鱼

周末，学校顿时空旷起来，我独自一人在校园里随意走动。夜色还没拥进校园，电便悄悄地撤退了。唯一能伴随我的是那满是雪花的电视，此时也没了声息。我走出宿舍关好门，投身到月夜的怀抱。

　　乡村的夜宁静着我的寂寞，我的影子很忠诚地伴随我左右，秋虫的唧唧声爬上了我的心头。月亮从芦苇深处探出羞涩的脸庞，偶尔传来鸟儿的"啾啾"声，我划亮火柴将烟点燃，仔细品味着这无边的夜色以及月下的宁静。身旁的河流默默地流淌，鱼儿在水面上弄出的响声衬托出它的幽静，我的胸腔中缭绕着烟的香味，飘浮着如水的月色，身体感到无比轻松。

　　鱼塘边的小草屋里突然亮起了灯火，我忽然想起看鱼塘的老李曾约我在月下钓鱼。我抬头仰望天空中皎洁的月亮，它泼洒下来的月光像蛋清一般，清纯得没有一丝杂质。呵呵，没有比这更好的月夜了。于是，我沿着熟悉而又潮湿的小路向船屋走去。

　　月下，老李正盘坐在船屋上对月饮酒，如此富有诗意的田园生活真令人神往。老李不识几个字，却无限浪漫，颇会经营人生，确实叫人有点嫉妒。他见我来了，忙站起身来热情地招呼我上船，我毫不客气地跳上船屋，接过他斟满酒的小酒杯对饮起来。小木凳上有一盘小鱼，一碟花生，几片脆生生的荷藕。我们一边喝着，一边聊着。身旁的鱼塘，远方的蟹池，荡畔人家的琐事都被酒点燃成热情而有趣的话题。

　　老李是这村庄上的木匠，白天在村子里做木工活，晚上就到鱼塘边的木屋里看守鱼塘，躺在他脚旁的小黑狗就是他最忠实的伙伴。这个只有十亩左右的小鱼塘只是他一个副业，一年下来并没有多少收入，所以他并没有将全部精力投进去。其实，在这个村子里养殖上百甚至上千亩的人家多的是。有的是村子里搞养殖，有的去江南搞起养殖。在养殖户中，老李和我们交往得多，也最熟悉，因为学校里的木工活大多被他承包了。当小木凳上只剩下空空的碗，酒瓶儿朝天的时候，我忙提起月下钓鱼的事。老李兴致很高，忙说这月色正好钓鱼。

　　解开缆绳，他先用竹篙轻拨船头，然后再往船屋帮一抵，小木船便向那相对开阔的水面游去，寻找一个更适合钓鱼的位置，不一会儿，他牢牢地将竹篙笔直地插进水中，船被紧紧地定在一撮芦苇旁。这时，水平如镜，月光皎洁，给人一种"静影沉璧"、"疑是湖中别有天"的感觉，水面上到处弥漫着月光的气息和鱼儿特有的淡淡腥味。我们专找月光落脚的地方下钩子，借着月光，水面上的浮子仍能清晰可辨。真能钓到鱼吗？就在我疑惑之间，老李已把一条白灿灿的鱼拎出了水面，可到半空又滑进了鱼塘，仿佛一道白光跃入了水中，然而这给我第一次月下钓鱼带来希望。于是，我注视着水面上浮子的动静，对蚊虫的叮咬也懒得理睬。

　　时间不长，我钓了两条鱼，一条是鳊鱼，另一条是鲫鱼。它们躺在船舱中，徒劳地挣扎着，不时地扑打着月光，弄出很大的响声。老李在一旁慨叹道："师傅输给徒弟了。"看样子，老李并没有把我当成他的对手。其实，我小时候就喜欢钓鱼，每到夏天，我在屋后的小河里钓到许多小白鱼，再用刀把鱼杀掉洗净，然后放点油盐，最后用碗盛着放在粥锅中蒸煮。有时候，一锅沸腾的粥会将盛鱼的碗咬翻，弄得一家人都吃了顿鱼粥，母亲因此狠狠地训斥我，然而鱼粥并不难吃，甚至别有一番滋味，所以我也就没怎么受惩罚。这样一来，我就得寸进尺，钓鱼技术也大有长进。一家人因此经常吃到鱼粥。

　　只见嘴里叼着烟的老李目不转睛地盯着水面上的浮子，我就十分想笑，看样子，老李还挺不服气呢！就在我得意之时，水面上突然"哗、哗"地响动起来，老李说遇到条大鱼，忙请我帮忙。我丢下手中的鱼竿，忙从船的夹舱中拿出捉鱼的网兜。老李借着鱼的劲将一条大鱼拖进网兜，说是大鱼实在是抬举老李，这鱼约摸也就三四斤重，就是在这鱼塘里也算不上什么大鱼。老李快活地大笑起来，像一位凯旋的将军。为了满足老李的虚荣，我也竖起大拇指，连连称赞。老李豪爽地说明天到他家吃鱼，我连忙应承了下来，因为我不仅喜欢钓鱼也喜欢吃鱼。

夜深了，我辞别老李，扔下战利品，告别了月下的鱼塘。当我迈着轻松的脚步走在这弯弯的小路上时，真觉得这寂寞的夜就因这月下钓鱼而被点缀得这么富有诗意、饶有情趣，它仿佛是人生孤独时一支悦耳的小曲，穷愁潦倒时一声深情的问候。

我用钥匙开了门，月色也跟着我走了进来，房间里悄无声息，月光格外清新明亮。我下意识地拉开电灯开关，可是电还没有来，我只得借着月色找到了半截蜡烛和火柴。我划亮火柴将蜡烛点燃，屋子里立即布满蜡烛那柔和的光。透过窗子，老李小船上的灯火似乎还在闪烁。

我脱掉衣服，吹熄灯火，埋进被窝，真想将鱼塘的月色和鱼的气息带进梦中，好让我的梦也诗情画意起来。

夏日采荷

今年的夏天格外炎热，最高温度始终在摄氏 35 度左右徘徊，然而也是欣赏荷花的好时节，更何况绿草荡里还有远近闻名的旅游景点"九龙口"呢！在盱眙烟草专卖局做副局长的同学早就和我约定了，荷花盛开的时节一定要到我的老家做客，欣赏荷花，品尝鱼虾，我也欣然答应了。有朋自远方来，不亦乐乎？

一大早，朋友和他的儿子就开了辆崭新的轿车，到我们家接我们一家三口一同前去。一路上有说有笑自不必说了，快到我老家时，我忙打电话给村里的书记，他告诉我他们正在村部等我们呢！于是，我们继续往村部开。到了村部，只见里面几乎坐满了人，见我们来了，他们立即热情地站了起来。我们分别和他们握了手，敬了烟。村书记说，船早已准备好了，在荡口等我们呢，只是他自己有事，实在抽不开身，不能陪同我们一起前往。于是，村民兵营长和村助理会计在前面骑摩托车带路，我们的轿车跟在他们后面。刚过桥，朋友说，这路轿车能开吗？他疑惑地走下车瞧了瞧，又问在桥头卖猪肉的胖子。胖子说没事的，连货车都能开。我也说没事的，清明节时我们的车子就一直开到荡边的。于是，轿车一路缓行。可是车子没爬一点远，就遇到了一些意外情况，由于乡村水泥道路狭窄，车子时而颠簸，时而歪斜，朋友立即招手要求车子停下来。他一看新车子被树枝和石块磨掉漆后就心疼不已，急得满头是汗，忙说：这怎么得了？上车叫儿子停下来，儿子说总不能就把车子停在这中间路段啊！找个宽敞一点地方，将车子掉头开回去。其实，我是个爱锻炼的人，走几步本身无所谓的，只是外面是 35℃ 以上的高温，叫人受不了。见到这种情况，我立即下了车，指挥着车子慢慢地爬行，小心翼翼地过桥。好不容易找了一个能让车子好掉头的地方，我急切地帮助他，想方设法地为他的车子排除一切障碍。凡是在车子两旁的砖瓦和石头，我都努力地用手将它挪开或者搬走。并且还在车子的前面起着引导员的作用，害怕一旦不慎，车子会歪到水泥路之外的土路上，一旦陷进去麻烦就大了。我浑身是汗，从头到脚都湿透了，再也没有心情到荡里玩耍。好不容易，把车子再开到村部。书记和村长见我们这样，笑了，怎么又开回头了？我说路太窄，城里的车子又太娇气，算了！不到九龙口，就在附近的荡边荷塘里欣赏和采摘荷花吧！陷在痛苦中的朋友，听我这样说，脸上又出现了笑容。他附和说，好在虚惊一场没出大事。

于是，我们又随那民兵营长和助理会计到荡边玩耍去了。到了小河边，他们父子俩上了一只小船，我们一家三口上了大一点的船。朋友见小木船太小，担心地问，会沉下去吗？民兵营长说，这小船一般可以装七八个人，只要你们坐着，不在船上晃动，保证你们没事。放心吧！朋友笑了起来，刚才虚惊一场，现在又身处险境，今天真是吓坏了。我笑了笑，没事的，放心吧！就是你掉下水，我们也会把你拉上来，水乡人个个都是好水性！在欢笑声中，两条小船鱼贯而行，营长带他们父子，助理会计带着我们一家三口。在清亮的河面上水鸭一般地游动着。不一会儿，我们出了河口，到了绿卓荡里，河面立即开阔起来，一望无际的荷叶，无数白色的、粉红的荷花。真是接天荷叶无穷碧，映日荷花别样红，叫人立即神清气爽起来，朋友刚才为车的伤心和烦恼也立即烟消云散了。只听他不时地发出爽朗的笑声。

我们的船向一片盛开的荷花靠过去。这时，渔网拦住了我们前进的道路，只见营长弯下腰来将它解开，并且说，这渔网里养的是龙虾，这养虾的是他好朋友，今天中午吃的就是这种龙虾，你们在城里吃不到哟！真正的绿色产品。到了里面，我们没有先前凉爽的感觉，只觉得密密的荷叶丛中像蒸笼一般，再加上荡里白的、红的、花的各色各样的蜘蛛特别多，不时地爬到我们的身上。我们不时采摘着荷花、莲蓬。每有发现，我们立即惊喜；每有收获，我满脸激动。有的莲蓬老了不好吃，有的还非常嫩无法吃，少数的既甜且香。只要是有一用处的莲蓬，一旦被我们发现就将它摘下放进船舱中。我们是一边采摘着莲蓬，一边挑选嫩的

母爱是盏灯

muai shi zhandeng

吃，吃完之后真是唇齿留香，心境怡然，如沐春风。有时，营长主动叫我们站起来，可我们害怕会翻船。他大笑了起来，有什么怕的？在荷花荡里，船怎么歪斜也不会翻掉。经他这样一说，我们纷纷站起身来，努力地伸长着手采摘起荷花和莲蓬。当我们感觉收获颇多的时候，朋友主动提出来，将船撑到树荫下，歇歇乘凉。我们从荷花丛中出来时，只见他们父子俩在那柳树树荫下正悠闲地乘着凉、吸着烟，一副怡然的神情，似乎和荡中的荷、荡中的水打成一片了。我们的船立即靠过去，很少吸烟的我也抽起烟来，那种滋味如仙乐一般。

不一会儿，民兵营长踮起脚尖、用双手做喇叭状朝远方叫一个老周的人。意思要人家下荡去掏些花心藕让我们带上，从城里来一趟不容易，不带点土产回去怎么叫人好意思？我说算了，今天玩得很开心了，九龙口也没有这样的风景！他们都笑了，九龙口有什么好玩儿的？几间楼房，一个土墩。没多久，那老周出现了，笑眯眯地说，谁叫你们把我的网解开的？真是没话跟你们这帮家伙说了！营长笑着说，还要烦你下荡掏藕呢！老周说，水上热，水下凉，我的衣服也刚干。你自己下去吧！话没说完，老周就准备撑船开溜。营长立即举起竹篙假装向他砸去。我说算了，别为难人家。营长说，没事的，小时候光屁股玩大的，一般人不敢和他这样的！这时，我非常客气地向他递根烟。营长说："这根烟比你一包烟还贵哟！"他并没言语，只是坐在船舱将这根烟吸完后，划着小船向荷叶丛中游去。不大一会儿，他的船又游了出来，船舱里躺着不少雪白粉嫩的藕！快十二点钟了，我们迅速上了岸，到村长家去吃午饭。

天那么热，竟然停电了，据说是农电站在排除线路故障。村书记打了多次电话，只听说电马上就到，可就是迟迟不到。我只得挥汗如雨地喝着啤酒就着龙虾、鳅鱼、墨鱼等荡里的鲜鱼水菜。吃完午饭，我们赶紧上了车朝城里赶去，城里肯定有电啊！这么热天，没电谁能受得了啊？

两只小黑鸡

我们村靠湖荡，编织蒲包是我们家唯一的副业。姐姐由于母亲生病而辍学织包了；父亲也给我订了织包任务。而我太贪玩，常常完不成。父亲为了鼓励我，主动跟我订了个条约：除了星期天要编8只包。其他时候每天只要求编两只，多一只就奖励我5分钱。那时的5分钱对我们这些穷孩子来说该有多大的诱惑力啊！大概因为我的小伙伴们经常勾引我的缘故吧，我大都只能完成任务而已，很少得到5分钱的奖励。就是这样，一年时间我还是攒了5角钱，我把这钱放在内衣口袋里，并用线把口缝上。

这天上学路上，我遇见一位卖鸡的正在招揽顾客。我曾经听母亲说黑鸡蛋跟冰糖煨能治好她患的风湿性关节炎，就急忙凑了过去，我惊喜地发现里面有不少绒球似的小黑鸡。那个卖鸡的见我是个小孩，就把我往旁边推了推，我知道他害怕我不买，就迅速地扯掉缝在口袋上的线，掏出了五角钱，在他面前扬了扬，他见我一副认真的样子，就让我挑了。我挑了两只最小的黑鸡，因为我听大人们说，鸡小是母鸡的可能性就大。我把它们捧在手里，多么希望它们迅速地长大，下好多好多的蛋啊！母亲的病要是能治了，姐姐就能上学了，父亲再也不会无缘无故地打她了。

回到家，门锁得好好的，我就从锅屋的盐罐里掏出了钥匙开了门。我在洗菜的篮子里铺了些稻草，并用小碗盛点米放在里面，我害怕黄鼠狼会把它们吃了，就用木桶把它盖好，上面放了两块砖头，才放心地上学去了。

那天下午，我一门心思想着家里的小鸡，好不容易才到放学，我就背起书包飞一般地跑回家中。

怎么回事，听不到我那小鸡亲切的叫声。我在屋里四处寻找，却不见踪影。一会儿，父亲从屋后回来了，就听他训斥道："哪来的钱？买了两只死鸡！"我强忍着眼泪，无力地把书包放在桌上。"跪下！"父亲的眼里似乎冒着火，我却伤心地想着那两只小黑鸡。"啪"，父亲的手掌重重地落在我的脸上，我觉得嘴里有血腥味。哎，我那可爱的小鸡子怎么会死去的呢？晚上，我把委屈全都向母亲倾诉了，她紧紧地把我搂在怀里。

这一夜，我梦见自己变成一只很大的黑母鸡，下了许多许多蛋。

父亲肩上的担子

父亲和母亲在渔船上漂泊了半辈子，岸上才有了自己的窝。

为了维持一家人的生计，姐姐过早地辍学织蒲包。姐姐长大，该出嫁了，父亲从几十里地外挑回了一架缝纫机，作为她的陪嫁，了却父母一桩心愿。姐姐终于走了，到别处过新生活，母亲抹着泪，父亲默默地蹲在一旁。

我长大了，要到远离家乡的城市去念书。父亲挑着担子送我：一头是被褥，一头是白米。我上车了，父亲仍待在那儿望着我，似一尊凝固的塑像，在我内心深处，涌起一股《背影》中的温情。

母亲积劳成疾。父亲老了，却很硬朗。我上学费用的担子都落在父亲的肩上。每当天蒙蒙亮，父亲怀里总是揣着昨晚烙好的饼，挑着担子到远处集镇上。虽然从我家到集镇是通车的，但父亲吝惜那几角钱。有一次，我坐在汽车上，望见父亲挑着担子，走在那灰白的马路上，还不时地抹着汗，我鼻子酸酸的，泪也悄悄地流到脸上。

回到家里，看到母亲强撑着多病的身体在称着白菜，我是那样地不安和愧疚。

几年间，父亲的背更驼，更苍老了。随着年龄的增长，我更能读懂苍老的内涵和希望的人生。

父亲老了，我却正年轻，我要像父辈那样默默地挑起生活的担子。

逃避织包

蒲包是我们荡畔人家的命根子，家中的油、盐、酱、醋、柴一律是用它换取的，甚至连母亲的梳头油。然而，小时候的我情愿让它待在荡中变为枯草，或者成堆成堆地摆放在田野里，在月明之夜给我们有个捉迷藏的处所，因为它实在盘剥了我太多太多

母爱是盏灯

muai shi zhandeng

的童年时光。三姊妹中，我年龄最小，父亲也就最疼爱我，即使如此，我上学的时候，他们也还是规定我编织蒲包的数量，因为我最懒，任务是常常完不成的，所以他们从最初规定每天编织三四只，降至每天一只了。有一次，我们生产队一户人家突遭大火，房子被烧毁了，生产队几位德高望重的老人凑在一起，商讨了一下，决定由这户人家提供蒲草，他们出面邀请十几位能手，帮他编。当我看到那你追我赶比速度的场面时，我从未有过的失落从心底油然而生了。但是，每当我从父亲手中接过碾熟了的蒲草时，我嘴里总在嘀咕着"这穷蒲草，这死蒲草"。

初春的一个日子，不知父亲是故意体罚我，还是有意让我体验一下劳动的艰辛。他和气地向我征求意见，是在家编蒲包，还是和他一起下荡捆柴草，拾枯荷。这本来是姐姐的差使，这回却轮到我来，我高兴地不假思索地回答道："下荡玩去。"我兴奋得连早饭也没吃得饱，就怀抱着镰刀，早已跳到船上守候着，生怕父亲后悔。

来到了滩涂，我像出笼的小鸟，欢快地在柴草间跳来蹦去，还不时地帮父亲捆柴草，拾枯荷，这可比盘在地上纺织蒲包强多了。

太阳把我的影子变得越来越小时，我的肚子饿得咕咕直叫了，荡风也更紧更冷，我真想一跃而回到家中端起平日里不太喜欢的纯大麦片饭，以及那没什么油的菜汤，大口大口地吃着喝着，然而，父亲对我的无精打采无动于衷，还不时叫我过去帮忙，我只好硬着头皮撑着，谁叫我愿意来受这份罪啊！时间约莫到了下午一点多钟了，父亲大概也饿了，于是，叫我把镰刀、耙子拾上船，再把一捆一捆柴草抱上船，随后才拔起竹篙用力往滩上一抵，船便晃晃悠悠地离开了。

到了家中，那饭、那汤的味道简直妙不可言，仿佛是上帝赐给人间的最好的玉液琼浆。父亲笑着问我，是在家编织蒲包好，还是下荡拾柴草好？我望了望他，疲倦得一言没发。

放飞蜻蜓

夏日的一个下午，天气闷热得很，蜻蜓们或轻松地翩翩起舞，或愉快地玩着捕捉蚊虫的游戏。然而，转眼间天空中却布满了乌云，狂风大作。路上、田野中的人们也纷纷逃遁，找处可以躲避风雨的地方，蜻蜓们更不知被风雨撺到了何处。

不一会儿，雨过天晴，我从家中走出，在自家院落里悠闲地呼吸着清新而又凉快的空气。一只老母鸡也随我而来。这时，我发现鸡快速地上前，欲啄食地上一只仰脸朝天的蜻蜓，我赶紧将鸡赶到一旁。只见蜻蜓不断地伸展着爪子，龇着牙，蹬着腿，又像是呼吸，又像是挣扎欲飞，然而却被雨水牢牢地粘在地上。若是儿时，我或者会将它扔给猫或鸡享用，或者会用白线把它绑住，牵着它在田野中到处跑，把它作为诱捕同类的陷阱。可如今，它这柔弱又清丽的生命却深深地引起我的怜爱。我小心把它捡起来，给它仔细地擦掉翅膀上的雨水，然后小心地把它向空中扔去。只见它飞了几米远就又跌在地上了。我猜想它或是因与风雨搏斗而累坏了，或是被风雨击伤了。想到这些，我又急忙走过去，将它从地上再捡起来带回家中。用柔软的纸揩干它身上的雨水，然后再悄悄地把它放在屋后一棵小树上。看着它紧紧地抓住

一根小树枝安然地歇着，我才放心地离去。

自此以后，每当有蜻蜓在我眼前飞过，我总会想起与这只蜻蜓的缘分和情感。若是它在我面前飞过，它还会记起我的模样吗？会向我投来感激而又动情的目光吗？想到此，我又禁不住暗自发笑起来，有恩或有情于物或人难道仅仅是为了让它（他）牵挂你吗？心底坦荡的人图的只是轻松自己的身心，美好、喜悦、充实自己的心灵。

替儿时的同学写封情书

有一年的暑假闲在家中，我时常倒杯清茶，静下心来细细品味一些世界名著，或者听一些《春江花月夜》、《梁祝》等古典名曲。有时觉得累了，就在院外走一走，呼吸一下新鲜空气，伸一伸懒腰。

这天上午，突然来了一位不速之客——儿时的同学，他腿有一点残疾，在村桥头做铜匠手艺，平时也很少与我往来。我还是很客气地给他让座、倒茶，然后闲扯一会儿，于是他就憨厚地笑了笑，犹豫了半天才说特意请我替他写封情书。这情书是写给他师傅的女儿的。提起情书，我暗自好笑起来，在此之前，我可从没给任何女子写过。就算是对对方有好感，大多是在心里想想罢了，没有勇气写封情书送给对方。但面对他恳求的目光，我不得不应了下来。

经过半天的酝酿，替他写的一封情书终于出笼了。没过两天，我把写好的情书送给了他，并叫他重新抄写一遍。他老老实实地照我说的去做了。后来听说他并没有收到对方任何回音。到现在，他依旧是光棍一个。也许是我那封情书没有写好，没能打动那位姑娘的芳心，如果确实如此，我就惴惴不安了，我觉得太对不起他了；也许是他对爱情的理解过于简单，单凭拉过一次手，朝他碗里夹过两次菜就断定那女子对他有意思。我想，他大概太珍惜别人对他的感情，哪怕是一丝怜悯，因为他毕竟是个残疾人啊！况且她的父亲对她很严厉，她的母亲对他很冷漠，就算有那么一点点小意思，她也无法冲出那家庭的篱笆。

每当我想到这件事，我总会莫名其妙地想到《红楼梦》中的宝二爷，他竟毫不费力地博得那么多女子的欢心，而贾府中的焦大又有哪位姑娘愿意向他抛出红绣球呢？想到此，我不由抬起头来望着窗外，那河流正无语东流。

初恋的感觉是我今生的痛

我的初恋大概是从一张年画开始的。

十一二岁的光景，快过春节了，父母破例给我两元钱到几公里外集镇上的新华书店去买自己喜欢的小人书。匆忙吃完早饭，我独自一人直奔梦想中的书店而去。到了那儿，在买了《地道战》、《地雷战》之类的小画书后，我被一张美女画深深地吸引住，待在那儿久久不愿离去，内心深处激荡起莫名的兴奋和喜悦。画中是一位古代女子，只见她柳叶眉、樱桃嘴、瓜子脸、梳

着高高的发髻，端庄而娴雅地站在亭阁前，手执一卷诗书，眺望着远方的山峦，衣裙飘飘，神采飞扬，眉宇间流淌出万种柔情，似乎随时都可以飞进我的心中、梦里。我犹豫了很久，最终还是把这幅年画买了下来，心中洋溢着莫名的甜蜜和兴奋。

回家之后，我自然是要把购买的东西一一拿给父母看。先把几本小画书掏出来，犹豫了一会儿才把这画拿出来。站在一旁的父母倒没说什么，哥、姐却起了哄，说我想小媳妇了，都要伸出小手刮我的鼻子羞我。我臊红着脸，急得满头是汗，结结巴巴地想解释什么，最终语无伦次地不了了之。但我还是执意将这张画贴在我床头的墙上，没过几天，父亲突然让哥把这美女画揭下来，换成了"好好学习，天天向上"这八个大字。一个多月后，我发现这张揭下来的美女画竟然躺进了哥的书包。为了收买我，哥特意买了好吃的给我，叫我别告诉父母帮他保密。可我念念不忘的是哥拿走了我最心爱的画！

然而，这种梦幻一般的初恋感觉时常在我的血液中游走，在我记忆中逗留，在我的梦乡里萦绕，成了我精神的寄托。上初三时，班级里有位长得漂亮一些的女同学，她的眉眼和嘴巴竟与那画中的女孩有点神似，可惜被一帮大我几岁的男同学包围着、追逐着，不给我这个个子小、年龄小的半点机会。我只能在下课期间用目光捕捉她的目光，用耳朵捕捉她的声响，让我得到心灵的舒畅、精神的愉悦；做操时，努力地靠近她，引起她的注意；走在学校的林荫道上渴望能不经意地遇见她，然后躲在背后偷偷地乐、窃窃地笑。有了这样的感觉，学校是温暖的，班级是温馨的，学起习来劲头十足，日子过得有滋有味。可惜好景不长，一晃一年就过去了，随后我们就各奔东西了。日子一久，她逐渐淡出我的记忆，梦中她的背影也更加模糊了。上高中时，班里清一色的男生，再加上学习压力过大，所以我们只有埋头学习，几乎没有时间和机会想入非非。

上大学时，班级里女生也不多，只有四个，其中有一位长得稍稍好看一些。同班的男生叹息道，漂亮的女生全跑到英语系和美术系了，我们这些男光棍与美女无缘啊！那个长得稍稍好看的女同学，可圈可点之处就是那双漆黑的双眸了，让我再一次想起那位手握诗书眺望远方的美女的眼神。我渴望在她的眼神里发呆，希望在与她目光的相遇里快乐。而这些充其量只能算作隔岸观火、水中望月。一年多后，她又通过关系到高一级的学校进修去了。最终，我们之间什么事也没发生。当然，梦想本身就是虚无的。

大学毕业后，我一下子分配到农村学校。学校里几乎没有和我们年龄相仿的女教师（即使有个把也早已收入别人的囊中了），再加上接触面窄，虽然谈了几个，大多是志不同道不合，另外最主要的原因是我内心深处始终藏着一个人——那画中的古典美女，总会有意无意地拿她们与之比较，所以比较落寞，好几年一直没能找到理想的伴侣。后来，经人撮合，无奈之下我最终与一位心地善良并且贤惠的女人结婚了。时间不长，我们有了一个聪明活泼的女儿。没过几年，学校一下子分来了一群女教师，有教英语的、有教音乐的、有教体育的。校园因她们的到来突然鲜艳明亮、生动活泼起来。我也经常和她们一起唱歌、打球甚至跳舞。有一天晚上，老婆突然告诫我："别使花花肠子哟！学校里有个把合你胃口的美女教师，你好像就突然年轻、风流起来，要与她们保持距离。"我望着她，委屈得脸红起来，我可没做什么对不起人的事啊！和她们在一起说说笑笑，偶尔跳舞就是风流了？她说："我知道你一个秘密，你心中有别人。"我几乎委屈得流眼泪了，用眼睛定定地望着她："真的没有啊！"她突然大笑起来："你在说谎，你心中有一个古典的美女，是画中那位哟！"我立即板起了脸，大声抗议道："你偷看我的日记，你缺少道德。"见我认真起来，她忙赔不是，最后也只好握手言和了。我们约定，以后谁也别提这事。

进城后，只要走到街上总能看到许多美女，甚至有一些与心中古典美女有形似或者神似的地方。我都会有意无意地多看上几眼。时间一长竟成了习惯，见到美女总要多看，甚至发呆；在没熟人的地方，还要回头多瞧几眼。有时候，老婆和我走在一起，尽管我在心里告诫自己，别朝人家美女看，可是遇见美女，我还是忍不住偷偷地多看了。回家之后，老婆总是说我是大色狼，丢人。在老婆的恶言恶语面前，我非常慌恐甚至手足无措。有时，我也会辩解道，欣赏美是一种过错吗？老婆则大声回击道，那是好色，别放屁拉椅子没地方遮羞了。有时我走在街上老婆突然用手揪了我一下，我则发怒道，怎么了？她则阴笑道："别朝人家美女看，揪你是帮你长记性。"偶尔在商场柜台前遇见美女，我的步子迈得稍微慢一点，老婆则用脚使劲地踩我一下，我则痛得叫起来。她仍然会阴笑道："这是帮你治病，别一犯再犯。"从此以后，不论在哪里遇见美女，我总会在心中暗示甚至告诫自己，别朝人家美女看。即使看也只能正常地看一眼，绝不多看。可到时候，我的眼睛就又不争气了，还是会多看人家几眼。随着女儿的长大，女儿也常站在她老妈那边帮腔："老爸啊！什么都好，就是好色！假如遇见我的女同学，我的脸可被你丢大了，老爸！你这坏毛病得改。"这话从女儿嘴里出来，我更是无地自容了，恨不得从地上找条缝钻进去。她哪里知道爸爸的心中那个秘密啊！我在心中暗暗发誓，走在街上、逛商场时遇见再漂亮的女人也决不多看一眼，更不回头张望！我虽然下了这样的决心，可还会时常发作，就像那叫人无奈而发狂的毒瘾。我时常在痛苦和无奈中自责。

某日，楼下突然有家香格里拉葡萄酒店开业了，店主是位少妇，皮肤白皙，眼神中浸透着万般柔情，微笑甜美似三月的春风入怀，眉宇间绽放着一种古典的美。每次，我从那儿路过时，她总会朝我点头微笑，我也报以笑容。时间一长，我就会有意无意地到她店里转转，甚至聊上几句。从闲聊中得知，她有个孩子正在读高中，还有个病重的老公，究竟是什么病，她没有告诉我。我也没有进一步地追问，防止叫她伤心。当她知道我在教育部门工作时，她更表现出一种少有的热情，说有空一定要和我探讨教育孩子的方法，她时常为教育孩子而无计可施、伤透脑筋，甚至暗自哭泣。一天，我和妻子在一起散步时遇见了她，她非常热情地和我打招呼。妻子停下了脚步，歪着头拷问我："你们熟悉？认识多久了？她咋那么热情？像初恋情人见面似的。"我气愤地瞪了她一眼："你简直是胡说八道。"我拔腿就走，妻子在后面追着："你是心虚了吧？咋见到美女就露狐狸尾巴了？"从此，妻子便多了一项盘问内容。只要我从那酒店门前走过。妻子总会问："那狐狸精又和你热情了？你们之间有没有故事？"她甚至从我的头上、衣服上不停地闻着味道，有没有别的女人的气味，有没有香格里拉葡萄酒的味道。如果在我身上寻得一两根长发，那就更要罪加一等，我只有被审判的份儿，没有辩解的机会。甚至将我的手机没收过去，放在她身边一周时间，看那美女有没有和我发暧昧短信？有没有热线电话？一天晚上，我刚在外面应酬回来，恰好从她酒店门前路过，她急忙叫住我，说有事要问我，关于孩子上学的事。我迟疑了一会儿，还是走了进去，没谈几句话，老

婆和女儿站在了店外。老婆冷冷地说："咋不回家？"见此情形，我只好跟在她们后面回家了，像个犯错误的小学生。回家之后，老婆摔了许多东西，以发泄自己的不满，从此家庭便陷入了没完没了的冷战，最后以我的彻底投降而告终。过了许多日子，我突然收到她一则短信："店已转给他人，自己要送老公最后一程。你想知道我为什么见到你总是微笑和点头吗？因为你长得像我的初恋。对不起，给你添麻烦了！"我鼻子酸酸地回了一则短信：香格里拉，一个遥远而接近天堂的梦，让我无限怀想。

在孤独寂寞或者痛苦烦恼时，我总会从电脑中搜索出王菲的《传奇》，在她那富有穿透力的天籁之声中寻找着心灵的安慰和精神的寄托。那"只是因为在人群中多看了你一眼，就再也没能忘掉你的容颜"的歌声，时常让我鼻子酸酸的，眼里含着苦涩的泪。

挖慈姑

大概在我十岁左右，整天盘在地上编织蒲包也真太累了，太乏味了，童年的乐趣几乎被剥夺完了。一次，我拿着父亲碾得很软的蒲草，望着盘在地上编织蒲包的哥和姐，嗷起小嘴说自己不想织蒲包，换一种劳动方式。父亲瞪了我一眼，母亲骂我败家子，不像邻居家的孩子毫无怨言地整天盘在地上乖乖地编织蒲包。此时，我只能用哭的方式与父母讨价还价。父母犹豫了一会儿，最终还是答应了我的要求，叫我第二天带上铁锹和竹篮到荡里挖慈姑，但慈姑的价值不能低于编一天蒲包的价值。

　　第二，我一大早就吃过早饭，哥和姐见我真的要下荡挖慈姑都在偷偷地捂着嘴笑，我不满地瞪了他们一眼，害怕他们把我的事搅黄了。当父母为我准备好了的铁锹、竹篮和糯米糍粑时，我心里总算踏实了，父母真的不会变卦了。深秋季节，天还是有点冷了，我穿了一件短褂，外面又添了一件大一点的褂子，于是，我肩上扛着铁锹，手中提着竹篮，满怀喜悦地向荡边跑去。路上，在草堆旁边遇见一只小狗，可怜兮兮地呻吟着。它的腿瘸了，一只眼流着血。我蹲下身来轻轻地摸了摸这只黑白相间的小狗，它也摇着尾巴用头蹭了蹭我的小腿，一股温暖流遍了我的全身！我决定把它放在竹篮里，一起到荡边慈姑田去玩耍。

　　当我来到荡边时，眼前是一望无际的田野，田野中到处是被翻挖过的大泥块，上面有零星的小慈姑以及被锹铲断的大慈姑。我放下竹篮和铁锹、脱掉布鞋，卷起裤脚，然后揥着铁锹走向田野。小狗则乖乖地待在田埂上，不时地向我叫几声，以示亲热。刚开始，自己觉得身上有使不完的力气，也挖到了一些小慈姑，心里乐滋滋的。时间一长，手上竟磨出了血泡，可竹篮里的慈姑还不能够把底子盖住。我有点沮丧了，但我还是拼命地挖，谁让我自找苦吃呢？实在累了，就停下来歇一会儿，把怀中的糯米糍粑拿出来瞧一瞧，放在鼻端闻一闻，轻轻地咬上一小口，缓解一下饥饿感。有时，我放下铁锹，用手搬起大泥块，说不定下面就躺着一两个小慈姑呢！每有收获就心怀喜悦，干劲倍增。其实，圩埂底下有大慈姑，最容易遭人疏忽，我用铁锹挖挖不到，用脚向淤泥深处踩也不容易踩到。偶有所得，我也是付出了和我这样年龄不相称的努力和代价。

　　劳动久了，我便休息一会儿。有时看到田野中有散步的鸟，我则捡起泥块朝它们冲去，很想一箭中的，能有个意外的收获，

呵呵，结果当然是一无所获，还差点摔倒在田野里。小狗见我这样，也跃跃欲试，可惜它没走几步就踉跄地倒在地上。休息过后继续劳动时，手上的血泡磨破了，感受着一种钻心的痛，但我还是没放弃，我不能就这么随便回去，让哥和姐笑话，被父母训斥。我学着母亲对付伤口的办法，在上面涂点唾液。

中午，我从怀中掏出糍粑时，糍粑已经变硬了，再也没有早上那般柔软。没办法，我只得硬着头皮去啃，啃了一会儿，觉得自己的嘴很干，实在咽不下去了。于是走到小河边捧一口水喝下肚，可这生水不能多喝，否则会拉肚子的。这也就算我的午餐了。我也撕了点糍粑赏给了待在我脚边的小狗，小狗狼吞虎咽起来，我用小手摸了摸它的头，它则用舌头舔了舔我的手，眼中满是柔情和温暖。吃过之后，我在田埂上坐了一会儿，秋风一阵紧似一阵，衣服里似乎藏满了野野的风，肚子依然在咕咕地叫。但我还是没敢回家，就像战争片中的英雄一样，轻伤不下火线。我咬了咬牙挺着。差不多，快要暮色四合时，我的竹篮里的收获还是有限的，并没能很好地完成父母交给我的任务。没办法，我只得硬着头皮回家了，当我快到村口时，村里已有不少人家亮起了灯火，我的心中荡漾着一种家的温暖，怀中的小狗也偶尔轻轻地叫两声。快要到家时，我遇见了手中拿着电筒的父亲，父亲则怜爱地用手摸了摸我的头，你这孩子真傻！挖不到那么多慈姑就算了，回来这么迟，叫人担心！

回到家中，母亲看到了我带回家的狗，母亲说："你怎么带回它？它的食量比你还大，我们家养不活它！赶紧送走吧！"我则哀求着，甚至流下了眼泪。父亲则说："那你就少吃点，给你的狗吃吧！"我则立即破涕而笑："行！"母亲则叹一口气，心疼地剜了我一眼："这孩子！真不听话。"

不久，这小狗还是被哥偷偷地送到很远的地方，我哭了一天，母亲说："等哪一天我们家粮食多得吃不了，就让你养狗！"就这样，我整天盼望着我们家丰衣足食、年年有余的那一天。

夜

我盼望夜的光临。

我望着多云的天，今夜有月色吗？夜，终于来了，穿着无边无际的黑大褂，天被严严实实地遮盖着，一点星光都不肯漏。

我吃完晚饭，把洗净的空碗放回宿舍，徘徊在路口，等待一个温情的许诺。

我全神贯注着远处的人影，寻觅着四周的声响，时间被我的焦急拖住了后腿，走得很慢。她终于没来，我沮丧地把一颗焦急的心关进宿舍，但仍想着亲切的动静。这一夜，我注定要在失眠中煎熬了。

风，使劲地摇着我的窗户；闪，神经似的一亮一亮着。窗外，时而恍如白昼，时而夜又把一切狰狞埋藏起来。雷，震开了我的窗户，我的神经高度紧张起来了。这雷怪怪的，似乎故意和我过不去，在我宿舍前后转悠逗留，迟迟不肯离去。莫非在我的屋檐下也躲着一个可怕的魔鬼？或者我有什么罪孽？我躲在床上，裹紧被单，极力搜寻着自己来到人世间所犯的罪恶，加起来似乎也够不上雷打火烧的。上帝啊！你不正是在让我的灵魂全部缴械，赤裸裸地袒露在你面前吗？这是一种怎样刻骨铭心的痛

苦啊！

雷电带着风雨渐渐走远了，我的神经松弛了下来，也恍惚悟出生和死的天机，瞌睡虫暖暖地、醉醉地爬上我的眼睫。

这一夜，我做了许多痛苦而美好的梦。

走出孤独

他走出了监狱，老伴却去世了，女儿也远嫁了。

寂寞中，他就不停地掸着昔日教本上的灰尘，手颤抖地捧着它，浑浊的泪诉说着昨日的记忆：全村只有他一个考上了大学，毕业后，又主动回到了家乡，方圆几十里只有这所学校……一场运动使他进了监狱。

一个风雨交加的夜晚，他手捧着课本面对着河流上课。人们说他疯了。

偶尔，有一群背着书包的学生从那儿路过，他总是拼命地拽着两个，学生们心里慌慌的，但从他的慈祥里感受到一股温情，所以并不却步，只好坐上一会儿，听他认真地朗读了一段书。

然而，他终究禁不住寂寞和孤独，他病了许久。在一个病愈的夜晚，他把人生的痛苦过滤成天空的一弯新月，月下一丛蓬勃的芦苇。

有一天，村里出现一所简陋的图书室，常有进进出出的青年。

他脸上第一次溢出笑容。

一只病羊

隔壁的邻居从亲戚家抱回了一只未足月的小羊，孩子们可高兴了，围住它团团转，而小羊到处乱钻，像是在寻找回家的路，没有一点和他们嬉戏的心情。大人们怕它跑掉，于是拿来了许多嫩草，不停地往它嘴里塞，而它只是使劲地摇着头，"咩咩"地叫着。我的小女儿用小手轻轻地抚摸着它的头，细声地问："你喊妈妈啊？找带你去找。"说完，她就要解开布带，在我的阻止下，她才无可奈何地哭着作罢。

大人们见它不肯吃草也急坏了，赶紧买来一只奶瓶，一袋奶粉，像喂婴儿一样喂它，可它一边吃着，一边仍使劲地"咩咩"地喊着。这只小羊整整叫了一夜妈妈，叫得人心都酸了。

第二天，它的嗓子哑了，再也听不到它那"咩咩"的叫声。它趴在地上，不时地拉着稀屎，似乎是病了，我担心它会死去的，因为它还未满月啊！我让妻子从家里拿出土霉素，隔壁邻居家的外婆把羊嘴掰开。药终于灌了进去。过了一天，小羊终于病愈了，孩子们把它牵到绿草丛中，让它自由自在地吃着小草。孩子们坐在一旁悠闲自得地看着书，我的小女儿也坐在其中翻看着娃娃画报。就这样，他们整天守着它，把它当作一位不可分离的好伙伴。

小羊，一天天地熟悉了这一群孩子。在这个大院子里，每当它所熟悉的人们向它走来时，它总是亲热地迎上前，抬起头，"咩咩"地叫两声。

小小的蒲叶风车

（一）

小小的蒲叶风车，迎着风，旋转着童年的梦，大溪河畔那高高的河堤上飘扬着孩子们的欢笑声。

深秋的季节里，每家屋后和那堆堤旁都堆着一捆捆蒲苇，散发着蒲草特有的清香。他取来一根蒲叶，把它剪成一般长的碎片，然后在每一片中间用火柴棒串起来，再往芦苇管里一插，一个小小的蒲叶风车就做成了。小儿子端在手里，在那大溪河畔高高的堆堤上飞快地跑着，小小的蒲叶风车旋转着小儿子的欢乐和童年的时光。

在一群欢快的孩子中间，有一个是我的儿子，他手中的蒲叶风车是父亲做成的。

（二）

小小的蒲叶风车，迎着风，旋转着童年的梦，大溪河畔那高高的河堤上飘扬着孩子们的欢笑声。

在美好的童年时光里，他和她都端着小小的蒲叶风车，和一群小伙伴们欢快地跑着。有一次，她手里的蒲叶风车被风刮跑了，他们追逐着，可是风无情地将它带进了大溪河。面对悠悠的河水，他无可奈何地站住。她急得哭了起来，伤心地蹲在堤上抹着泪，于是他替她擦着泪，为她再做一个蒲叶风车，她看着手中的蒲叶风车，高兴得笑了，天真地说长大后给他做新娘子。等我们长大了，她真的兑现了自己的诺言。

小小的蒲叶风车拴着我们的纯情，旋转着他们温暖的岁月。

（三）

月亮升高了。

大溪河畔那高高的河堤上没有了孩子们的欢笑。

小儿子熟睡在他的怀里，手中紧攥着蒲叶风车。于是他轻轻地把孩子放在床上，又轻轻地从孩子手里拿出蒲叶风车。这时，孩子突然睁开眼望着他，重复着那句话："妈妈哪去了？"他哄着孩子，用"妈妈明天就回来"这句话欺骗他。他的小儿子在期待中又睡熟了。

他望着孩子，泪含在眼里。她已是他生命中的一部分，可是她竟那般快地离开了他们。那一夜月亮很圆，他是怎样痴呆地坐在窗前的呢！不会游泳的她毅然地跳进大溪河去救那个和小儿子一般大的孩子。她走了，但她永远走不出他的生命，因为她的精神已是他生命中最宝贵的部分。

灯　火

深秋的夜晚，从狗的狂吠声中，在远处的黑暗里，突然跳出了灯火。呵！这是家的眼睛，它那闪烁不定的目光深深地灼伤了

我无奈的忧伤。

我多么想把这温暖的灯火移栽到心灵的窗口，温暖着我漂泊的思绪，呵护着我寂寥的心灵。灯火下曾有母亲那温暖的手轻轻地抚慰着我童年岁月；灯火下曾有父亲那严厉的目光注视着我在为维持家庭生计而盘在地上编织蒲包的情形；灯光下曾有星星们不知疲倦地欣赏着我伏案苦读的身影。当我虔诚地拜读完这灯火时，它却那么令我感到遥远而又陌生。

灯光站在远处，怔怔地望着我：你依然是那个无忧无虑的小男孩吗？你还是那位手不释卷而胸怀大志的可爱少年吗？你难道会是那位心高气傲的青年人吗？你那怯懦的模样确实叫人担心而又失望。

我待在黑暗里，再一次眺望这灯火。这灯火忽然变成烛天的火焰照亮我寂寞的心灵。

草原上，生存着这样一群野马

草原上，生存着这样一群野马。

蓝天，白云。辽阔的草原上，悠闲着一群野马，公野马的鬃毛迎风抖擞，小马崽们亲热地围在母马身旁。

莽莽苍苍的森林中，一群饥饿的狮子正悄悄地、恶狠狠地向马群逼近。机敏的公野马们突然发现丛林深处有一双双贪婪的眼睛，于是，它们仰首惊啸，无边的草原上，回荡着雄壮而恐慌的声响。

一群野马迅速团结为一个战斗集体。公野马们一边保护着亲人撤退，一边向强大的敌手左冲右突；有的倒下，有的身负重伤，但没有谁流泪，没有谁后退！

公野马们都壮烈牺牲了，母马们领着孩子们退到江畔，面对湍急的江水，它们果断地跳下去游向彼岸。到了彼岸，母马们发现那边还有几只小马崽，可是，眼前的江流瞬间化为一条恶蟒，翻流着，咆哮着，母马们又一头扎进奔流，游至江心，它们的身体下沉、下沉，它们多么希望用自己的脊梁当作孩子们的桥梁啊！然而，无情的恶浪将它们的身体推向远方。

乌云布满天空，闪电肆虐在草原，饱受惊吓的小马崽们在几匹母马的带领下哀鸣着奔向远方的山岳。

奶　奶

母亲时常在我面前唠叨着奶奶的不是，以及分家时，奶奶对我们如何刻薄。可是奶奶在我心目中仍是那样慈祥，那般温暖。

在我未出生时，爷爷、奶奶和我的父亲以及伯父们分了家。两位老人待在一间茅草屋中，每年的口粮是我父亲他们及时奉送的，零用钱是他们自己搓绳和几只鹅生蛋换来的，在我很小的时候，爷爷很疼我，在我睡觉时，仍把我搂在怀里，奶奶为此经常骂他，可他只是憨厚地笑了笑，现在想起来，我该怎样感激爷爷对我的钟爱呢！又如何去记恨慈祥的奶奶呢！爷爷去世后不久，姑姑也远嫁了，奶奶哭红了眼。据说那儿人烟稀少，每隔几里路

才有两户人家。后来，姑姑一连生了几个女孩，日子过得很苦，奶奶舍不得她，要到那儿去陪陪她。为此，伯父们和父亲都很有意见。这不是让人家说闲话吗？我们这个大家庭难道养活不了一个老人？然而奶奶终于固执地在一个春季动身了。

过了几年，奶奶连路都有点走不动了，姑姑担心有个闪失，无法向娘家交代，就只好把奶奶护送了回来。此后，奶奶仍一个人住在那间茅草屋中，整天搓着绳。

我长大了，考上县城一所重点中学，这在我们那偏僻的小村也是一大喜事了。临上学前，奶奶颤抖地从内衣口袋里掏出 5 元钱。我接过钱，心沉沉的，眼里噙着泪。奶奶望着我满心欢喜地说："我们陈家到底出人了。"

我还未毕业，奶奶就去了，去得那般快，未来得及见上最后一面。她的遗产仅是平时节省下来的几斤菜油、几十元钱。听母亲说，在她临终前仍喊着我的乳名，紧紧地抓住母亲的手说："孩子，你们家的日子会好起来的。"奶奶，你如在天有灵，该知道我们这个小村巨大的变化，我们家的日子也确实一天天地好起来了。

永恒的爱心

一对春燕，衔着春泥，在檐下构筑着温暖的巢。

它们把炽热的爱情袒露在和煦的风里，把灿烂的梦想画在蓝蓝的天上。绵绵的雨，柔润的风，抒写着爱的畅想。

当巢里长出一个个大嘴巴时，白天，一对燕子不辞辛劳地来往飞翔，晚上，共同拥抱着温馨的家。

黑色的风，黑色的雨，压着田野。两只燕子比翼奋力地飞翔着，想着家和大嘴巴，一阵闪电，击伤了它们的翅膀。它们掉落在地上，但仍挣扎着爬行，最终，头朝着家的方向离去。

一个失掉母亲的小男孩，把它们养在笼里。等它们长大后，让它们返回蓝天。他想，它们定会跟他一样，总想做梦见母亲的梦。

爱心让盲人的眼中生长出光芒

在这个喧嚣的城市，我只是匆匆的过客。人群中，我茫然地走动着。

公路上一位年少的盲人在川流不息的车丛中挪动着脚步，拉着二胡唱着歌，这情形把我的目光一下子拽了过去。我小心地走近他，把他带到人行道上（因为那条道上似乎找不到盲道），并往他口袋里塞进5元钱，他说了声谢谢，随即亮起歌喉，拉起了二胡，声音有点沙哑，但歌声悠扬。这使我想起小时候在编织蒲包时曾从收音机里听到过的瞎子阿炳的辛酸故事以及那令人陶醉的《二泉映月》。不知为啥，想到此我就会鼻子酸酸的。

在他唱完了一曲《流浪歌》之后，我关切地问道："孩子，多大了？"

"15岁。"

"怎么就一个人出来，没人带着你？"

"习惯了，我是从河南来的。"我的心一下沉重了起来，我的女儿仅比他小一岁，而她正在窗明几净的教室里读书，她可以随意地在父母面前撒娇，挑剔着衣食，有时还会莫名其妙地要点小脾气。回家之后我一定要好好地告诫她，与这个年少的盲人相比，上帝对她的恩赐太多太多了；要教育她好好珍惜这种恩赐，别再生在福中不知福了。在校园中，甚至走到社会上，都要尽力帮助一些特别需要帮助的人。予人玫瑰，手留余香……

不一会儿，就聚拢来不少人，人们纷纷从口袋里掏出些零钱给他。最让我感动的是一位妇女，她把一枚一元的硬币让一位咿呀学语的孩子递过去，虽然那小孩走起路来摇摇摆摆，但最终还是把硬币放到这盲人的手中。见此情景，我由衷地鼓起了掌，周围的人们也用掌声应和着，我的眼睛湿润了，我的心情也一下子晴朗起来。我对这位充满爱心的母亲肃然起敬，她才是一位真正的人类灵魂工程师。她给这个天真无邪的孩子上了一堂生动的爱心教育课，足以让他铭记终生。孩子，你真幸福，母亲在你心灵中已埋下了丰厚的宝藏，在你以后的日子里将会取之不尽，用之不竭。你那金子般的心灵里一定会闪烁着今日的光辉，响亮着今日的掌声，明媚着今日的天空。同时，他也拉起了二胡，面带微笑，眼睛里似乎闪烁着光芒，又一次唱起了《流浪歌》。给钱就得唱歌，这是他生存的规则。这歌词我很熟悉，我也曾在歌厅里唱过，不过，没有他这样真切而感人。其实，这首歌也只有他才配唱，才能更打动人。我一边听着，一边想象着在冬天那寒冷的风中，在雪花飘飘的夜晚，一个孤独而年少的盲童毫无目标地走在苍茫的大地上——我为我们有时在歌厅中放纵着矫揉造作的感情而羞愧。

但让我心灵沉重的是，这位年少的小盲人，他将继续往前走，还会遇到许多人和事！他仿佛就是一片脆弱的柳叶，在人生的大海中毫无目的地漂流着，不知哪里才是他真正的归途。望着他摇晃的背影，听着他嘶哑的歌喉，我在心中暗暗地祈祷，愿他处处能得到好心人的无私帮助。人的一生从来就不会平坦过，更何况他是个盲人，我深深地为他担忧。

爱心如火，善心如歌。一颗纯真的爱心，它会照亮自己的天空，燃烧自己的生活，点亮别人的心灵。拥有一份爱心的人们啊，即便遭遇再阴暗的日子也会温暖如春。

盲人的眼睛里，谁能为它贮满光明？谁能为他指点前程？我的内心揣满迷茫和困惑，一步一回头地望着这位盲人少年，直至他消失在茫茫人海中。其实，盲人仰望天空时的眼神最明亮，最动人，渴望人间大爱的内心世界最温暖。

戴银项圈的男学生

刚开学，身为班主任的我忙得团团转，一位年近五十的汉子在学校的中心路上拦住了我，只见他推着自行车，车上绑满了洗脸盆、茶瓶、芦席、被褥，等等，后面跟着一位年纪约莫十三四岁，颈项上戴着银项圈的男学生。那汉子自称是我家远房亲戚，这孩子是他家的宝贝疙瘩，请我多照应。我耐着性子听完了他的唠叨，并再三保证会尽心尽力的。在他把孩子的食宿安排好后，他又一次找到我，反复地说着一些照应、麻烦之类的话。

开学的日子，雨水就是多，学校的房子也大多老化了，尤其

是男生住的那幢宿舍逢暴雨就漏。那天，我刚在办公室坐定，只见"银项圈"走了进来，站在我办公桌旁噘起嘴说："老师，宿舍漏雨，我的被子淋湿了……我想家。"说罢，他的眼圈都红了。我说："等太阳出来了，把被子拿出去晒一晒不就行了吗？"哪知，他一转身竟气呼呼地走了。

中午，终于出太阳了。当我到学生宿舍转转时，我发现那汉子正捧着被子站在太阳光下，说实话，我心中满是感慨。但我还是很有礼貌地走上前去劝说道："你无须捧着被子晒太阳，宿舍走廊上就有晒被子的地方。"他却憨厚地笑着说："一听说孩子的被子湿了，连饭也没顾上吃就来了，等晒干被子，我得赶回去，下午还要下荡喂蟹食呢！"听完他的话，我可急了，这样做对孩子的成长有害无益呀！他却反驳道："再苦不能苦孩子，大人苦一点累一点算什么，只要孩子吃好穿好学习好就行了。"看样子，我非得把育人的道理跟他认真地讲一讲不可了。于是，我忙把抽屉中那篇《再富也要苦孩子》的文章拿来边读边结合实际讲给他听。哪知，他听后却笑着说，那是人家国外教育孩子的方法，在中国可就行不通了，和他年龄相仿的孩子哪件事不是由大人包办的？这也中国特色嘛！我惊讶他的荒谬理论，佩服他的固执己见，我只好把"教育讲座"草草收场了。

这天晚自修刚下，我正躺在沙发上看电视，忽然从窗外传来扑哧扑哧拔自行车气嘴的声音。我忙起身带着手电筒轻手轻脚地跑到宿舍后面，猛地打开手电筒，只见自行车丛中冒出两个人来，其中一个是那"银项圈"。他们乖乖地跟着我来到我的宿舍，他们竟坦然地伸出那手心里躺着几个气嘴的手。我问为什么，他们说自己的自行车气嘴在白天被人偷拔了。我真是啼笑皆非了："就因为别人拔你气嘴，你就可以理直气壮地拔人家的气嘴；也就是说别人干了坏事，你也就跟着干坏事，如果个个学生都像你们这样，这学校不就乱套了？家有家规，校有校规，国有国法，你们懂吗？你们马上把气嘴——给人家按上，我暂不处理你们，但要看你们以后表现如何。"

这"银项圈"，头脑蛮灵活的，上课时发言也积极，作业准确率也较高。最近，班级里的大扫除也能参加了，宿舍的值日也正常了，床肚底下的臭袜子也少了，看到他的进步，我多少有点欣慰。但后来发生的一件事却令人有点失望和恼火。那周星期五的班会课刚下，"银项圈"那个宿舍的舍长找我要求把他调出去，说他有时在半夜里把收音机开得山响，弄得大家睡不好觉，影响第二天学习。听说了这件事，我的心紧缩了起来，他的老毛病怎么又犯了？在我了解与他同一个宿舍的学生情况后，我便把他叫到办公室。没等我开口，"银项圈"竟昂着头说，有人打呼噜，我睡不着，就只好打开收音机，让大家都睡不好觉。他边说边瞅着我，听完他蛮横无理的申辩，我一时性起，狠狠地打了他一巴掌。哪知，他捂着嘴巴，哭着跑出了办公室，冲出了校园。

放晚学后，我和班长骑着车来到他家。他竟没有回家，这回，我可慌了。但不论怎样，我还是应该把事情的前前后后情况向他的父母讲一遍。没等我讲完，他的母亲竟哭着说："这孩子长这么大了，我们家可没有谁弹他一个指头啊！"听了这话，比谁给我两个嘴巴还难受。我只能一边道着歉，一边保证把他找回来。于是，我们推着自行车走出他家院落。此时，那憨厚的汉子也追了上来，说和我们一起去找。当我们在汽车站找到他时，他竟蹲在地上，手抱着头哭着说："我想家，想学校，想老师，是我不好……"我走过去，轻轻地拍了拍他的肩膀，咬了咬嘴唇低声地说："孩子，跟我们回去吧！"

母爱是盏灯

女儿上初中时，学校离家只有一路之隔，一箭之遥，只要她愿意，课间随时都可以回家一趟，一切都是那样方便，我们庆幸能在这里安个家。

今年，她上高一了，学校离我家也远了一些，得骑车上学，而且在学习上比初中时还紧张了许多。我曾和她的老师说，现在的老师和学生真是太辛苦了，每天早上5点多就起身，晚上10点多才回家。真是两个黑洞洞，三个急匆匆啊！这是一种大寨精神。没法子，竞争太激烈了，老师们一脸无奈地说。

最让人放心不下的是，女儿晚自修后回家。十点多钟后，住宅楼下的所有商店都已关门，她要走过一段漆黑的路，还要把新崭崭的自行车放进车库。车库离我家较远，四周也黑乎乎的，就是我有时也怯怯的。女儿天生胆小，再加上社会治安也不算好。有一次，女儿和她的一位同学见车库附近呼呼大睡着一个人，吓得大呼小叫起来，惊动了楼上楼下的所有人家。等大家跑过去一瞧，原来是那位白天经常在楼底下晃荡的神经病患者。于是妻子主动说，每天10点钟，我站在路口等。妻子每天如此，无论刮风下雨。有时，就是女儿早上上学离开家走出楼梯时，妻子也总会把靠楼梯口那临窗的灯久久地亮着，还把窗户大开着，不停地喊着女儿的名字为她壮胆。

有一天，女儿春风满面地告诉我，老师在课上声情并茂地朗读了她的作文。这是一篇半拟题作文：《妈妈是＿＿》。这个空就是让学生自己去填充。学生们的作文题目真是五花八门：妈妈是我好朋友、妈妈是我保护伞、妈妈是我传声筒，等等。

女儿的作文题目是《妈妈是盏灯》，我急切地看了这篇作文，这真是一篇抒发真情实感的好文章。文章中有一段是这样写的：其实，我知道写妈妈送伞是落入俗套的，可我还是情不自禁地写起它。那天晚上，我吃晚饭时天气还好好的，可当晚自修上到快一半时，外面突然下起了雨。不久，雷声又山响了起来，雨也借着雷的威力越发起劲儿地下着。我在心里祈祷着雨停雷止，可雷雨像得宠似的，一发不可收拾。突然，旁边的一位同学用胳膊捅了我一下，用嘴朝窗外努了努。我一看是妈妈，眼泪便夺眶而出了。我走出教室时，努力控制着自己的感情，心疼而感动地说："冒着雨来干吗？我能回家的。"妈妈愣了一下，不解地望着我。我接过伞，轻声地说："您回去吧！"可当我们下晚自修后，我又发现妈妈正站在外面等我。我有点心疼，又有点生气地说："我又不是小孩子，非这样干吗？"嘴上虽这样说，可我还是把身子努力地靠近妈妈，感到异样的甜蜜和温暖。这时，和我相约一起回家的一位女同学，也急忙跑了过来，加入了回家的行列。一路上，尽管是雷雨交加，可我们心里一点也不害怕，因为有妈妈在我身边。

文章最后写道：母爱是盏灯，在漆黑的夜里，她让我倍感温暖和安全，把我的生活照亮。——老师写了一个旁批：母爱是盏灯，知识更是盏灯，将你的人生点燃，把你的前途照亮。

看完女儿写的文章，我眼里噙着泪。在我幼小的时候，只要生产队长的哨子一响，我就紧紧地抱住母亲，生怕她离开我到田野里去劳动。此时，母亲就轻轻地拍拍我，努力让我再次入睡，

可我怎么也睡不着。最终母亲还是走了，因为挣工分养家糊口比什么都重要。我害怕一个人待在屋中，更害怕窗外那无边的漆黑和一切动静。有时，我求母亲给我点盏灯，有盏灯相伴，我心里就会踏实些，可母亲怎么也不会答应！现在想起来，母亲大概是害怕小油灯点燃茅屋，或者是害怕浪费那有限的煤油。

同时，我们也应该感谢老师们，是他们不倦地为我们的孩子传授知识，陶冶情操，增添智慧。我忽然觉得，孩子能心怀一片真情，懂得珍惜真情，比写出一篇好文章来更重要得多、可贵得多。其实，每一位老师也是一盏灯，德才兼备的老师更是人生中一盏永不熄灭的灯塔。

过生日烧纸

一次，在朋友聚会上，酒过三巡，不知怎么把话题扯到过生日上。一位朋友突发惊人之语，说过生日那天一定要烧纸。

我惊讶地瞪大眼睛望着他，过生日烧纸是不吉祥的，他怎么会这样呢？难道是他们那儿的风俗习惯和我们老家不一样？

我急切地想知道其中原因，他深深地吸一口烟，意味深长地说："我生日那天，一定要纪念我去世多年的母亲，是她在那天将我带到人世间，给了我生命。那天，她挣扎在死亡线上，那种痛苦是无法言说的。"

我定定地望着他，心潮起伏，真不知说什么是好了！除了感动，还是感动！人这一生，根本问题是不能忘本！而母亲就是我们的生命之源、人生之本。母子之情是人世间最真挚、最美丽、最动人的感情！反思自己，在我的身上似乎缺少什么，真的，我不敢往深处去想，有点心虚。

其实，过生日对我们平常人来说非常简单。过整生日，就是请亲朋好友聚会；小生日，就在早上吃碗面条，中午再加两个菜。小时候，母亲只是为我们煮个鸡蛋，甚至鸭蛋。今天是我的生日，我突然想起这个话题，也更深地思念去世多年的母亲，感谢她将我带到人世间，给了我生命！如果，她老人家在天有灵，她一定会感应到她的儿子在深深地怀念她！愿她老人家在天堂之上安息！

挡不住的虚荣

女儿的学校在周末要开学生家长会，正常情况下，我会让妻子去，因为我实在是太怕开会，可是女儿撅起了小嘴说我对她不重视。其实，她实在是冤枉我了，就这么一棵独苗，为了她的学业我们可以倾其所有啊！见她不高兴，我迟疑了一会儿说："还是我去吧！"她立即一脸高兴地点了点头，妻子也很赞成。

找到她所在的班级，里面已经坐满家长，课桌上放着一份份资料。在我进去时，站在讲台前的班主任叫我过去拿我女儿的素质报告单，拿了报告单后，我便找了一个座位坐下来，忽然坐在我前面一位女同志掉过头来朝我笑了笑。我也笑了笑，她是我同学的妻子，她女儿的成绩非常优秀，且经常在各类竞赛中获奖。

我从她手中拿过她女儿的素质报告单，一瞧几乎都是满分，我感到脸上火辣辣的；她也从我手中拿去我女儿的素质报告单看。坐在她前面的一个妇女从她手中一把抢过素质报告单，一瞧不是她女儿的，脸上立即露出了不屑的神情，这神情深深地刺痛我的自尊，激发出我的虚荣，尽管在来之前我已有了思想准备，我的女儿成绩并不超群，只是中上游而已，但我还是有点坐不住。我心中腾地生起一股怒火，如果女儿就在我身边，我肯定要大声训斥她，甚至能给她两个巴掌，要她拼命学，抓紧点滴时间学，一定得让她老爸在人前人后风光一番，其实我女儿的成绩也在不断进步着。可不知为什么，我今天就是特别的不满意，总是想着自己以及女儿学业上曾经有过的辉煌。我实在是坐不住了，于是借故告辞。

回家后，我一脸不高兴地坐在沙发上，她小心翼翼地走到我跟前问我，是我的成绩不好惹您生气了？我违心地摇了摇头，然后尽力心平气和地说："你要认真学习，一定要尽力。你尽了力，爸不怪你！你尽力了吗？"不知为什么，她又流泪了，女孩子就会这样。其实，话又说回来，孩子也挺辛苦的，几乎是每天晚上都学到 11 点多钟，在我的再三催促下才休息。报纸上不是经常说中国的学生最辛苦吗？我也想到自己读高三时的情景，当时真是苦不堪言。可见读书是多摧残人啦！我们该多换位思考。但我还是希望她能从书中走出一条路来，于是我就经常从报纸上剪下学习上成功孩子的事迹带回家给她看，企盼能有个潜移默化的效果。这挡不住的虚荣哟，我们尽量远离它，更不让它伤着我们的孩子！

这使我想起中学时读过的莫泊桑的小说《项链》，我对小说中主人公路瓦栽夫人因为一条假项链而白白地受苦受累那么多年感到可笑，然而在现实生活中我们常常在不知不觉中受虚荣的侵袭而无法阻挡，有时不仅可笑，甚至还很可怕。

母校，您好吗

父母起初让我上学的目的无非是识几个字会写个人名，懂得些算术会算账，走上社会后别让人家在账目上算计了，除此之外，大概没什么奢望了。

在我们那个靠荡畔的小水村里，普通人家孩子的前途也就是以下几种：有点关系的人家送孩子去当兵，有些钱的人家给儿子娶个媳妇买条船到湖荡里到处漂泊，实在没办法就学个手艺养家糊口。因为我家社会关系复杂，当兵自然与我无缘，上大学更是白日做梦，可我的成绩在学校里总是出类拔萃。因此，父母往往总是喜忧参半。

后来，改革开放了，社会成分也淡化了，更让我们家庭倍感荣耀的是我被淮安中学录取了。那一年，我是全村的唯一，就是全镇也没几个考取淮中的，上大学的梦似乎指日可待。我成了村子里、亲戚家教育孩子的材料，我的父母也因此人前人后风光，那多皱的脸上总是洒满了阳光，那充满艰辛的脚步更是活力无限。临上学前，年近八旬的祖母也颤巍巍地从那一层又一层的布包里摸出 5 元钱来给我带着上学，我的眉宇间洋溢着自豪和喜悦，心里充满了甜蜜和感激，并暗下决心要好好学习，长大后报答他们。

　　我是承载家庭的希望和梦想来到淮安中学读书的。当我走进校园时，我发现这里真是个读书的好地方，西连文通塔，北靠勺湖，周围环境清静宜人，且常规管理规范，教师的学识渊博且富有爱心，德育工作更具特色。在"学总理创三好"活动中，我还被评为"三好学生"，其证书直到现在还完好地保存着。在这里，我初步学会了学习，学会了做人，学会了求知，学会了自立。巍巍文通塔旁依稀闪现我苦读的身影，悠悠勺湖水仿佛时时启迪我生命的智慧。"为中华之崛起而读书"的座右铭始终烙在我的心灵深处，回荡在生命的天空，并时时激励我、鞭策我，直至今天。

　　淮阴师范学院毕业后，我也非常渴望能到母校任教，然而种种原因，我未能如愿，这成了我一生的憾事。尽管后来也有次把机会，可我都没好好把握住，无奈地让它溜走了。但无论如何，我们这些淮中学子对母校的祝福永远是真挚的，对母校美好未来的期待永远是真诚的。每当我们聚在一起，总会满怀深情地忆起在淮中读书时的各种琐事，畅谈淮中的现在，展望淮中的未来。因为是淮中养育了我们，栽培了我们。淮中的一草一木都浸透我们的深情，淮中的任何变化都会牵动我们的心思。

　　走进 21 世纪，随着楚州初、高中入学高峰的到来，楚州的高中教育急需扩大规模，同时还要扩大优质教育资源覆盖面，以不断满足社会的需求。积极稳妥地发展高中教育是楚州教育的重头戏，而淮中——这所百年老校无疑是承担起这个重任的主角。大家都知道，楚州区财力十分有限，无力拿出亿元资金去投入教育，打造新淮中。为此，区委、区政府只好向民间寻求具有一定实力的合作伙伴。现任淮中教育集团的董事长高尚梅将睿智的目光投向淮中，独具胆识地与淮中联合办学，组建淮中教育集团，走出一条公办民助的新的办学之路。当时，有的人对淮中教育集团充满了期待，也有人投去狐疑的目光。种种议论和各种心态不一而足。说实在的，我们也对母校的命运和前途担忧。

然而，当我们走进新淮中校园，近距离和她接触时，一切疑虑和担忧都烟消云散了。在占地326亩土地上，一幢幢具有后现代德式风格的教学楼、实验楼、学生公寓、食堂以及体育馆拔地而起，一股强烈的现代教育气息和阵阵读书声扑面而来，让人兴奋、激动。这哪里是什么中学，简直是一所现代化的大学。一湾清澈的小溪从校园内潺潺而过，花草树木四季常青，草木丛中惊现石凳，假山之旁藏有鲜花，给人一种神清气爽、如入精神圣殿的感觉。即使心情再浮躁的学生，如果来到这里，也会静下心来埋头读书的。各种现代化的体育设施更是目不暇接，莘莘学子在操场上各种矫健的身姿更让我感受到青春的美好和生命的活力。在这喧闹的社会，能拥有这块清净、人文气息浓厚的好地方读书学习真是三生有幸啊！

母校的教育教学手段更是有了划时代的变化：校园里有电视台、网站，课堂上使用了多媒体开展各种教学活动等等。眼前的这一切是我们以前做学生时想都不敢想的，据说这里的教学设施在国内堪称一流、就是在国外也非常先进。我为母校的焕然一新面貌倍感欣慰！我为母校的巨大变化而纵声喝彩！

更让我们倍感欣慰的是母校的教育教学质量也在稳步提升。目前，在董事长高尚梅的带领下，在刘校长直接组织管理下，淮中教育集团认真践行"以人为本，和谐发展"的理念，创新管理机制和管理模式，将末位淘汰和引进优秀骨干教师相结合，提高教师素质，优化教师队伍，使淮中教育集团步入良性发展的轨道。近两年来，文通中学中考成绩在全市同类学校中名列前茅。

高中部的高考成绩也非常骄人：2004 年，高三强化班升学率100％，郑春同学高考成绩列淮安市第一，被清华大学录取，改写了楚州区前几年无人考取清华、北大的历史。高考升学率列全市同类学校前茅。2005 年，淮中本科录取 600 多人，名列淮市同类学校榜首。另外，最让我关心的是像我一样的穷孩子能很好地在这所学校读书吗？据了解，母校团委组织开展的"勤工俭学，珍惜劳动"的青年志愿者活动，就较好地解决了这个问题。他们将经济困难的学生组织起来参与学生食堂就餐秩序的管理，从而保证了千人队伍排队购饭菜时秩序井然，举止文明。通过这一活动的开展，既锻炼了学生的能力，培养了学生品质，又能为经济困难的学生提供一定的经济帮助。

当远方的同学再次向我问起母校情况时，我会满怀喜悦地告诉他（她），获得新生的母校正上下一心，团结拼搏，奋力创新，激情四射地向更高更远的目标迈进。或者干脆邀请他们回母校目睹她的变化，在校园内转转，到学生中走走，与教师员工们攀谈攀谈，亲眼目睹她的办学实力和信心，实地体验一下她那勇立潮头、奋力争先的胸怀和气魄。我想，母校那现代的气质和高贵的品质会再次征服我们，她那对美好未来的不懈追求一定能深深地震撼我们、感动我们。

无论何时何地，母校——淮安中学这一夺目的名字会永远闪耀在我们人生的履历表中。我们以此为傲、以此为荣！"母校，您好。"这是我们这些昔日学子从心底发出的最真情的问候。

我的教育故事

老师错了

李健经常迟到，我多次找他谈话，总不见效果。有一天，他竟无故旷了一节课。看样子非惩罚他不可了。于是，在下班会课上，我当众宣布罚他倒一周痰盂。

哪知，没过两天，痰盂不见了。得知情况后，我估计是他所为，真想再一次变本加厉地处罚他。但转念一想，如此下去只会增强他的对立情绪，更何况变相体罚学生本就是老师的错呢！我犹豫再三，还是当着全班学生的面认了自己的错误，哪知，竟赢得一片掌声。课后，李健找到了我，低着头说："老师，痰盂是我藏起来的……老师，请相信我，我一定会诚实做人，有错就改。"

此后，班里不管谁犯了错误，总会立即承认错误、改正错误；同时，我也时时、处处用"为人师表"来规范自己的言行。

老师送你回家

据同学们反映，晚自习下后，王祥经常到游戏机室里玩上好一阵子才回家。我多次询问他，可他总是矢口否认，对我的苦口婆心无动于衷。于是，我暗下决心瞅准时机捉他一回。那天晚自修刚下，他的同学告诉我，王祥今晚可能要进游戏机室了。

约莫过了半个钟头，我骑着自行车，对街上的游戏机室逐个

母爱是盏灯

muai shi zhandeng

寻找。突然，在一家游戏机室的门缝里，发现了正在摇头摆尾、神气十足的王祥，与课堂上的他相比真是判若两人。我真想冲进去，给他两个巴掌，但我只是悄悄地推开半掩的门，轻轻地拍了拍他的肩膀，他掉过头来，见是我，立即恐慌地站了起来，我尽力和气地说："孩子，天已很晚了，明天还要上学，老师送你回家吧！"他乖乖地随我走出了游戏机室。

快走到他家门口时，他竟蹲在路旁哭了，而这一哭竟是他与游戏机室举行的告别式。

"我的儿子也是教师"

中巴车上已经没有空位置了，但车主还是在扯起嗓门拉着客，半天才上来一位头发花白的老奶奶。她一边用手抓着扶手，一边用目光扫视着每一个座位，似乎想从这很挤的位置找出个空的来。当我们的目光相遇时，我不由自主地站了起来，走到她身旁，指了指我的座位。她高兴地走过去，坐在我的位置上，那慈祥的脸上满是喜悦地说："你是老师，是吗？"我点点头。"做教师的人就是好，我儿子也是教师。"听了老人这番夸奖，我的脸火辣辣的，眼镜片上也起了雾，一股做教师的幸福感和自豪感从我心底涌起。

我对学生们撒了谎

有一天，黄飞的爸爸到学校替黄飞请假时，说黄飞患了甲型肝炎需要住院治疗，他正四处借钱。后来，我把这件事在班级里说了一下，同学们反应平淡。现在的学生大多是独生子女，自私、冷漠在他们身上不断滋长，我得用什么方法对他们进行一次爱心教育呢？于是我当着全体同学撒了个谎。

班会课上，我把 20 元钞票扬了扬，很动情地说："今天在我办公桌抽屉里发现了这钱，还有张纸条，纸条上面是这样写的：'不要问我们是谁，请把这钱转交给黄飞同学。'"我顿了顿，接着说我代表黄飞向这几位同学深表谢意。同时，我用目光扫视了一下班级，不少学生的脸上露出了愧疚和不安。

没过两天，班长把一小堆钱放在我小公桌上，里面有块币、角币甚至还有分币。我望着这钱开心地笑了，因为我用一个善意的谎言点燃了学生们的一片爱心。

经验的惭愧
——给一位刚从师范学校毕业的青年老师

那一天，当你把学生从医院安全地带回来的时候，我心中悬着的一块石头总算落了地。但我还是委婉地批评了你，批评得那样冠冕堂皇。我当时说："好事是要做的，好人也是要做的，更何况他是我们的学生呢？但要尽量把事情考虑得周全些，以防发生一些意想不到的后果。"事后冷静想来，我怎么啦？我是老于世故、不近人情，还是有点麻木了？做好事还怕做出什么后果，这种论调真是奇怪得不可思议。

一位学生鼻血不止，甚至有点发晕，你身为班主任，热心地、毫不犹豫地把他送到医院救助，这本来是一件值得称道的好事，可我偏偏怪你没有及时与学生家长取得联系，怪你没把具体情况及时向我这个校长汇报，甚至怪你没有叫学生家长带点医疗

费过来。其实，你当时可能来不及，或者无暇考虑了……假如我是那位学生，我会终身感谢你；假如我是那位学生家长，我会视你为恩人。

你对我的责怪似乎没有放在心上，仍一如既往地充满青春活力地去工作、学习、生活，热情而周到地爱护每一位学生。你的表现似乎刺激了我，我仿佛从你的身上发现刚做教师时的影子。在我刚走上工作岗位时，学生生病了，我会问寒问暖；学生住院了，我会从自己的腰包里掏出钱来买点东西送去；学生精神颓废，我会找他谈心，用保尔、张海迪等人的事迹来点燃他们的学习和生活的热情……可现在的我似乎变了，已工作了 16 年的我遇事多了，处理事情经验也丰富了，得到的教训也深刻了，即便做了一些好事，也总是瞻前顾后，小心翼翼，生怕出现什么岔子，给自己、给别人，甚至给单位带来不必要的麻烦。这话听起来好像有点好笑，但在这好笑的背后潜藏着我深深的无奈和莫名的苦衷。假如这位学生在你送往医院的途中病情加重了；假如医生在治疗过程中出现了什么事故；假如遇到的是蛮横不讲理的家长，他们甚至说，孩子莫非是你打的，不然你们为啥这么惊慌，这么热心，到时谁又能说得清呢？幸好，我们遇到的是讲情讲理的家长，他们感谢你，感谢我们的学校……你给我们学校来了信誉和荣耀！

事后，校团总支初拟了一份通讯稿请我过目，我发现他们故意提高我的形象，写你的笔墨似乎少了些，我毫不犹豫地拿起笔把关于我的那一段划去，给你又添上几句……是啊！人应该去做一些好事，一些善事，光明磊落地去做，心无芥蒂地去做，自始至终去做。我为我的经验而惭愧，我为我的世故而痛心，我要找回那个过去的我……我相信上苍有眼，世道有眼，良心有眼，善人总会有善报，好人总会一生平安、吉祥。

一位退休老教师的情怀

一位年已80多岁的退休老人——徐兆来，单骑行程万余里，足迹踏遍23个县、市、区，义务作了342场报告，累计受教育的师生达40万人。他不图名、不图利，究竟图啥？我们带着这个问号走近了他。

在楚州区苏嘴镇汤庄的一间小屋，我与老人谈起他宣讲周恩来事迹的事情时，他激动得如数家珍：一本本相册记载着他一次次传播周恩来精神的热烈场面，一张张报纸记录着老人宣讲周恩来事迹的生动过程，两本由老人经过一千多个日日夜夜工整抄录的《周恩来选集》上下卷（现已无偿捐赠给周恩来纪念馆）饱含着老人对总理无比深厚的感情。面对此情此景，我禁不住问老人："您倾注这么多的心血，不图名利，究竟图的是什么？"老人说："1996年，已退休的我骑车考察了多所学校，一些现象让我忧心忡忡。许多学生不好好学习，满头脑都是歌星、影星，其根本原因是学习目的不明确。回来后，便萌生了用周恩来事迹对青少年进行思想教育的想法。当我把自己的心思向家人吐露时，他们认为教了38年书够累的了，该享清福了。后在我的说服下，儿女们有的想开了，有的无可奈何，因为他们知道，老爸执意要做的事谁也拦不住。"我禁不住又一次认真地打量着眼前的这位古稀老人，心底由衷地升起一股崇敬之情。

这时，老人的大儿子特邀我们到他家坐一会儿，老人和他生

活在一起。屋子里只有一张床、一张桌子，两把椅子，老人就是在这个屋子中抄录了《周恩来选集》，这使我想起"斯是陋室，惟吾德馨"的语句。有人对老人说，你完全可以理直气壮地收取演讲报告费，老人总是笑着摇摇头说："我不能收，这与总理精神格格不入。"其实，他的家庭也非常需要钱，四个儿子三个下岗，而且生活都很困难。看着这位乐观豁达的老人，我想一个人精神富有了，他就不畏贫困；一个人心中充满阳光了，他就永远感到温暖。从他身上，我看到了总理的影子。

我要告辞时，老人从相册中翻出几张照片送给我们，我们从一张张照片中看到了一张张笑脸，感受着一股股和煦春风，也读到了夕阳余晖的灿烂动人。如果我们每一位教育工作者都能像徐兆来老人这样无怨无悔地播种总理精神，那么在孩子的心灵天空中定会多一道通向明天的彩虹。

楼下卖菜的老奶奶

大楼的后面，有一位卖菜的老奶奶，无论刮风下雨，她都将萝卜、青菜、豆角、茄子等蔬菜很整齐地摆放在靠墙边的地上，旁边还停辆小三轮，上面放着豆腐、豆腐干、百叶等。夏天，她将菜放在背阳的地方，冬天将菜放到朝阳的地方。下雨了，她就撑起放在一旁硕大的遮阳伞。见城管来了，就将摊子朝里面挪一挪，尽量不怎么显眼；城管走了，就将菜摊朝外出一出，努力让顾客们看得见。见到她，我总会情不自禁地想起母亲，想起了坐在村子里的桥头旁、大树下摆地摊的母亲，她是怎样拖着残疾的身体，冒着风雨和烈日卖着菜，为我挣学费和生活费的。每当想到这些，我就更怀念起母亲，鼻子也酸酸的。

其实，在我刚搬到这个楼上住之前，有位和我年龄差不多大的中年男子在这儿也摆过地摊，卖过蔬菜。这老奶奶先前是卖豆制品的，后来也加入到卖蔬菜的行列。过了一段时间，那中年男子突然不见了，不知是因竞争混不下去了，还是做别的大买卖去了，总之，他不干了。偶尔在街上遇到他，他总是骑着自行车，一副急匆匆的样子，我们只是相互点点头，就擦肩而过了。

那老奶奶依旧起早贪黑地在那儿摆着地摊，见谁都打招呼，见谁目光投过去，她总会热情地问买什么。如果对方走近地摊，她便向你投去更热切的目光；如果见对方摇摇头，她便收敛起笑容，低下头来干着手中的活。

上班路过那儿，她正在为蔬菜喷水，我面带笑容地看着她。她非常客气地和我打招呼，并自言自语地向我解释说："这菜就怕风吹日晒，水分都给弄跑了。""没什么，我父母以前也是做蔬菜生意的，他们也会这样做。"我笑着说。我的话大概让她有了亲近感，她便把脸一沉愤愤地告诉我说："刚才有位大男人真让人生气！挑了半天菜，一会儿说菜质量不好，一会儿又说菜价格高，然后扔下就走了！也算是个男人！像这样的人，我就是把菜扔下河也不卖给他。""老奶奶！请别这样说，什么样的顾客都有啊！为了做生意也就只好忍耐了，和气生财嘛！"我一边说着，一边骑着车子走了。这老奶奶怎么和我老母亲一个脾气？心里有什么嘴上就说什么，喜怒哀乐都写在脸上。说实在的，就是做小生意也需要谋略，别把性子使在脸上，顾客爱买什么就买什么，爱买谁的就买谁的？谁能主宰得了别人的意愿？把心思集中在迎

合顾客身上才是正道。当然，她的可爱之处也在于生性爽直。周末，我出去逛街时路过那儿，只见她手中扬起一个塑料袋，里面装的是药物，朝我喊道："老师！这是你们楼上人买东西时落下的，我在等他，看样子只有午饭前后吃药时才会想到。里面还有买药的卡呢！"路过熟人笑着逗她说："你为什么不留下呢？里面好像都是些常规药啊！"她黑着脸说："就是金银财宝也不能私吞啊！莫说是药。"母亲在世也经常会说这样的话，但这老奶奶比我的母亲潇洒多了，早上吃着油条、喝着豆浆，大概七十出头的人了还染发，这在母亲的眼里是无法想象的。母亲难得因为肚子饿而买个烧饼，大多是吃昨晚剩下的稀饭。

有一次，下班时，老婆让我从老奶奶那儿带点菠菜回家，我买了2斤。老婆说多少钱，我说4元。老婆说贵了，怎么不讨价还价？市场上一斤才一元，这个老奶奶就会拿死鱼。有空儿啊，我到红旗菜场多买点蔬菜回来。我笑了："愿买愿卖嘛！老奶奶的生意瞄准的就是上班族，人家不急就你急，再说老奶奶也不容易啊！你如果嫌我不会买菜，下回你就别让我买。"我故意逗老婆，老婆无奈地望了望我，低下头来洗菜，不再言语。

顺手牵书

妻子做好了晚饭，把上高中的女儿和上小学四年级的侄儿一一等回来，一家人才围着桌子坐下来吃饭。没吃两口，门铃响了，妻子习惯地先拉亮走廊灯，从门上的小孔朝外面瞅了瞅，然后才打开门。门口站着一位女人和一个小男孩。女人站在门外问："这是陈老师家吗？"

莫非侄儿在外面闯祸了？我预感到了什么，用愠怒的目光望了一眼侄儿，忙问："打人家了？"他坚定地摇了摇头说没有。妻子赔着笑脸，慌忙迎上去，请那女人进来说话，那女人不愿进来，说："只是想问问你家侄儿，有没有把我家孩子的书带回来？没别的事。"我如释重负了，只是一件小事，侄儿并没在外面惹什么祸端！说实在的，把侄儿从乡下接到城里读书，真不容易，且责任重大。要是他不学好，一方面枉费了我们的辛劳，另一方面也辜负了哥嫂望子成龙的期望。中国人对孩子的期望值就是高，这是没办法的事。

我望着侄儿说："你从书包里找找，看书包里有没有人家的书？"我想如果真不是有意把人家书带回来，那就立即还给人家；要是书包中真的没有，也好给人家一个交代。但他还是坚定地说没有，这时，我提高嗓门责令他放下饭碗到书包中去找。他只好放下碗筷，悻悻地拿出书包翻了起来。不一会儿，就把那本书找了出来，并迅速地递给人家，那妇女道谢而去，我们也关好门准备继续吃饭。侄儿真是粗心，怎么将同学的书带回来，我想。

"你自己的书呢？"妻子皱起眉头突然对侄儿发问。侄儿迅速放下刚端到手的碗，用胆怯的目光瞅了瞅我，随即又从书包中找出一本书，在我们面前扬了扬。妻说："拿过来让我瞧瞧！"侄儿把书递给妻子。妻子说："和刚才那本书一样吗？"侄儿狡辩说："就是这本书。"妻子那温和的脸立即严肃起来："你自己的书哪去了？"

"书没了，几天前就没了。"侄儿像泄气的球，目光不敢正视我们，他知道自己的做假已被看穿。

"那你为什么拿人家的书?"我厉声地喊起来。因为我最容不得的就是偷人家的东西。我本来想把"拿"说成"偷"的,可刹那间还是改过来,我毕竟是做过多少年教师的人,不想伤孩子的自尊。

在我们再三催问下,侄儿才告诉我们:他的书几天前就没了,一直偷偷拿回别人的书抄下题目,然后回家再来做。哎!这孩子这么小竟如此不诚实,又活得这样累,如果把这事主动告诉我们,我们或从书店中为他重新购买,或向人家借本书过来,再到单位文印室去复印,不就行了吗?

侄儿本想用别的书蒙混过关,试图逃避我们的责罚。妻子却火眼金睛,一眼就能看出他的"阴谋"。我笑问妻子:"怎么知道的?"她则幽默地说:"猎人难道不了解狐狸的特性?与他周旋得太久了呗!他拿书送给人家在我面前走过时,我就仔细看了书的封面。"

侄儿到我家之前,原本就在老家读书,哥嫂为做生意挣钱,没多少时间耐心说服教育他。侄儿一旦有错,哥就实施棍棒教育。时间久了,孩子就用谎言对付。哎!棍棒之下必有谎言。

我问侄儿为什么拿这孩子的书?侄儿说他成绩不好,平时也不怎么爱护书。我则惊讶地望着他,弱肉强食的丛林法则,竟转化为他顺手牵书的理由。

于是,我将侄儿叫到面前,心平气和地说:"拿别人的东西没经人允许是不行的。假如是你的东西被人拿去,别人又没告诉你,你会有什么想法?"侄儿怯怯地狡辩道:"我又没有偷,等抄好后,我还是会还给他的!"

"你要正面回答我的问题。"我气愤地站起身来,真想狠狠给他一巴掌,可刚举起了手又放了下来,我可不能像哥那样教育孩子。面对他,应该怎么办呢?我心中辛酸而又茫然起来。

《读者》伴随我和女儿一起成长

1986 年,我从淮阴师院毕业分配到一所农村破旧的中学任教,我心里多少有些不平衡。不管怎么说,我也是曾担任过中文系学生会学习部部长的优秀学生啊!怨谁呢?怨就怨我们家找不出像样的亲戚关系来帮我,或者怨家中实在抖不出几块铜板来上下打点。

自恃有点才华的我,喜欢卖弄自己,经常舞文弄墨,偶尔在当地报纸副刊上发表一些小稿子。看到稿子发表了,便洋洋自得;听到别人赞美时,更飘飘然起来,觉得自己仿佛是怀才不遇的大材。有时,还会学李白,借酒消愁,借诗抒怀,颇有东施效颦之嫌疑,活得仿佛别具一格,不落俗套,总盼望别人另眼相待,可别人压根儿没把我当回事。于是,我心中失落得更加厉害。对校长、主任这些所谓的权贵,我想方设法地横挑鼻子竖挑眼。

情绪低落时,还会呼朋唤友搓上几圈牌,以此来发泄自己的不满,作践自己所谓的才华。平时,我是难得订些报纸杂志,认为在农村学校教书,肚里的货应该够用的了,再加上工资很少,囊中羞涩,除了非订不可的对教学有参考价值的杂志。

后来,我娶了位善良的妻子。不久,又生了位活泼可爱的女儿。随着女儿的长大,我的心境逐渐平和了起来,我的家庭责任感和社会责任感逐渐增强了。尤其是女儿上初中后,我感觉到教

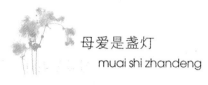

母爱是盏灯

muai shi zhandeng

育孩子的任务更重了。因为独生子女身上那自私、任性等坏毛病，她身上也有不少。面对她，向来自信的我也困惑了，甚至迷茫起来。

一天，我到城里拜访一位老同学时，谈起教育孩子的问题。他问我给孩子读了哪些书和杂志，我得意地说，我的女儿读了不少唐诗宋词和古典名著。他急切地说，你除了给孩子看这些书以外，我建议你给孩子买一套《少儿百科全书》和《读者》，让她好好地读读，收获肯定丰厚。起初，我并不以为然，甚至还心生怀疑，《读者》的作用难道胜过古典名著和唐宋诗词？

后来，我调进了城。在一次大会上，坐在我旁边的人很入迷地看着一本杂志，我仔细一瞧竟是《读者》。等他看完后，我悄悄地向他借来，一看就陶醉了，简直爱不释手。会议结束时，我是在别人提醒下从《读者》中走出来的。那一次，我把其中的好文章拿到单位文印室复印了下来，还带回去和女儿共享。女儿读完我复印的几篇文章后，她说仿佛有一种如沐春风的感觉。从此，我们就彻底地爱上《读者》了。但囊中羞涩的我既想看到这好杂志，又不愿自己花钱订阅。我想最好能从单位把它"偷"回家，实在不行就把精彩的部分复印下来。

时间一长，我就发觉"偷"《读者》似乎于心不忍，因为单位中爱看的人太多。在《读者》那神一般的灵光照耀下，我开始觉得自己的行为是否太自私了。其实，回头一想，我虽不富裕，但每年72元钱还是能挤出来的。于是，我就跑到我家附近报刊亭去向一位花白头发的中年人订阅。可他笑着说："何必要订呢？我每期都给你留着，并且每本优惠5角钱。"我愧疚地笑了笑，说："已经给你添麻烦了，哪能再优惠呢？"从此，他的报刊亭成了我与《读者》联络感情的驿站。

有一回，我兴冲冲地去买《读者》时，他抱歉地告诉我最后一本《读者》被一位残疾学生纠缠许久买走了。我没能拿到《读者》，就像与情人失了约，心中很不是滋味。同时，我心中也一热，能让这个残疾孩子买走这本《读者》也是一件不错的事。我想它会进一步点燃他的生活，完善他的人格，照亮他的心灵。哪知第二天，我路过报刊亭时，这位花白头发的中年人兴奋地叫住了我，把手中一本《读者》扬了扬，说："老师，我给你从别的报刊亭找了一本《读者》。"我急忙跑过去，如获至宝地接了过来，感激地望着他，眼睛竟湿润了起来。

自从《读者》走进了我和女儿的生活，成为我们的知心朋友后，我发觉女儿变了，我也变了。女儿性格开朗了，心地更善良了，也更有孝心了。一天吃晚饭时，她满脸喜悦地告诉我："今天我碰到昨天送我回家的三轮车妇女了，并把昨天忘记给她的钱补上了。"

"做得好啊！做人就应该这样。"妻子连声赞扬道。

女儿红着脸满怀激动地问我："这应该感谢谁呢？"

"谁啊？"我想趁机了解一下她的想法。

"老师，老爸，老妈，特别是亲爱的《读者》。"女儿一本正经地说。

一番对话后，我默默地点了点头。是啊！我们的女儿懂事了，真的长大了。随后，我望着妻子和女儿说："你们知道我人生格言的前后变化吗？以前的格言是'对我好的人，我就对他（她）更好；对我坏的人，我就对他（她）更坏'。现在的格言是'帮助过我的人，我要心怀感激地永远记住他（她）；伤害过我的人，我要努力地远离他（她）、忘记他（她）'你们知道是谁给我的启迪吗？""《读者》！"女儿立即抢答道。接着，女儿还找来本子把我的格言记了下来，并说要带到学校去，与同学们共享。

书的遭遇

在淮阴师院读书的三年期间，我把节省下的钱差不多都变成了书。记得毕业时在带回家的东西中除了一床被子外，其余的几乎都是书了。是啊！读书人除了书之外，还能有什么呢？曾有一位初中时的同学到我家玩时，很是羡慕我有那么多藏书，并向我借了几本世界名著。碍于情面，我不得不忍痛借给了他。后来那位同学竟再也没还给我，我曾向他索要几次，他只是一味地搪塞。我知道想把书要回来是根本不可能的。对此，我很心疼，不仅因为这些书对我有用，更重要的是他可能根本不把这些书当书看待，他把书借去大概只是装点门面罢了，据说他是村里公认的混混。

后来，我被分配到学校工作，也只是带上了部分教书时能派上用场的书，其余的书都放在老家了。因为学校新分的房子不仅漏雨，而且老鼠较多，如果让雨淋湿了，或者让老鼠啃坏了，那岂不可惜？在学校期间，我把精力几乎都投入到教学中去了，基本上无暇顾及书了，时间一长，差不多把书籍淡忘了。前不久，我写篇文章，需要引用诗经中的一首诗，我把家中的书橱翻了个遍，就是找不着我曾在新华书店购买的《诗经注疏》，我回忆了许久，就是想不起这书到哪里去了。

一个周末，哥哥约我到他住的老宅吃午饭，我一进门就看见桌子上放着一本残缺不全的书，我拿起来一瞧，竟是我买的《水浒传》。我心疼地掸去它上面的灰尘，把卷起来的书页抹了抹平。

我有点生气地对父亲说,你们怎么这样对待书呢?父亲却很严肃地对我说,你怎么不把书收藏好呢?楼上的床头柜子里还有不少书呢?这句话提醒了我,说不定《诗经注疏》也在里面。于是,我急忙爬上楼,把书全部搬了出来,里面果然有那本《诗经注疏》,只是封面已变霉变黑了。唉,这又怎能怪罪他们呢?哥嫂整天忙生意,家中堆满了货物,还有三个调皮捣蛋的孩子,哪有书的立足之地?我忙用纸箱把书籍装好,并用自行车驮回了家。

我惭愧而又内疚地望着那些破损、发霉的书,是谁让书沦落到这种地步呢?书们,我应该认真地对你们做个检讨。

戴太阳帽的女学生

九月,我又高兴地迎来了一批新学生,当我走进窗明几净的教室,只见里面端坐着不少新面孔的学生,那一双双渴求知识的眼睛,使我抑制不住内心的喜悦和激动。我习惯地用目光扫视了一下全班,一位头戴太阳帽的小女孩特别显眼,那双略带忧郁的大眼睛怯生生地瞅着我,似乎很怕我。于是,我先向大家作了自我介绍,然后一一点了他们的姓名,算是与他们认识了。

课后,我把那位头戴太阳帽的女学生叫到了办公室,为了能更好地与她沟通思想,我没有大声询问,而是和气地对她说:"上课时为啥还戴太阳帽呀?"她低着头,脚不自然地在地上踢着,手不停地摆弄着衣角。我又耐心地问了几遍,她就是一言不发。我以为她在软抵抗,于是朝她生气道:"上课再戴帽子,下

午就别来了。"不知为啥,她眼里噙着泪水,一转身竟倔强地离开了办公室。

事后,我向与她熟悉的学生打听。据说,她家就在学校附近,她本来拥有一个比较和睦的家庭,父亲开马士达,母亲在家搞副业,日子还算过得去。后来她的母亲见同村中有不少人在外面发了财,也怀揣着发财的梦想外出闯荡了,哪知一年后竟与一位富商同居了。不久,她的父母离婚了,现在的后母对她挺凶。得知这些情况后,我深深地为上午对她的态度感到内疚和不安——或许在这孩子的心中有无法向别人诉说的痛楚。

下午上课时,只见属于她的那个座位空荡荡的,她真的没来。课后,我便急匆匆地带着一位学生朝她家走去。来到她家,只见她的后母嘴里叼着烟,跷起二郎腿,熟练地摸着麻将。我向她说明来意,她不以为然地说:"她在锅屋,你去问她。"见此情景,我很生气,但又不便发作,我知道已无法与这个女人对话了。我们来到锅屋,只见她一边哄着一个不满周岁的男孩,一边看着书。见是我们,她忙站起身来把书藏在身后,给我们让座。我直截了当地问她:"下午为啥不上学?"听到这话,她的眼里又充满了泪水,在我再三开导劝慰下,她终于道出了真情:她的头上有一块很大的伤痕,是她后母用开水烫的。听到这话,我眼里冒着火,竭力压住胸中的怒气,低声道:"她为啥这么狠?""我带小弟弟出去玩时,小弟弟摔了一个跟头。"她啜嚅着。说实话,我真想把那个女人从麻将桌上揪下来,给她两个耳光。我们谈话时间不长,她的后母便来到锅屋,女学生忙抹着眼泪,只听她的后母凶凶地吼道:"你哭丧呀,家中谁死了?"这种气氛已无法让我们再继续待下去了,我忙把女学生叫出屋来,悄声说:"欢迎你回到班级来——不要怕她。"

第二天，她真的来上学了，同学们向她真诚地微笑着，欢迎她归来。没过两天，一位衣着入时的中年妇女找到我，自称是这女学生的亲生母亲，她向我不厌其烦地诉说自己婚姻的不幸，以及思念女儿之苦。她想把这孩子带到她那边去念书。我忙打断她的话："孩子同意吗？她的家庭同意吗？法定监护人可不是你呀！"下课后，我把孩子叫了出来。她望了望她的母亲，目光中流露出不屑，紧咬着嘴唇缄默着。但她的生母似乎执意要把她带走。当时，不论这个女人怎么说，作为一名班主任，在她家人不同意的情况下，我是不会把孩子让她带走的。

事隔不久，头戴太阳帽的小女孩又没来上学。我问几个学生，都说她逃离了家庭，现在不知所终……我听后，心里一阵揪痛。

忽然有一天，我收到一张明信片，上面画着一个头戴太阳帽、手拿一本书的小女孩，还有一行清秀的字：祝老师身体健康，万事如意。下面没署上地址和姓名。我想肯定是她——孩子，你回来吧，学校才是你最温暖的家。

酒鬼黄老师

在学校里，黄老师住在我隔壁，对酒特别爱好，有时经济特别紧张时，他甚至还买散酒回来喝。他对下酒的菜也没什么苛求的，只要有一碟花生米，或者一小碗黄瓜就足够了。学校里许多老师，只要是喜欢喝上两口的，都可以在他家坐下来喝上两杯。他最不喜欢交往的就是对酒没兴趣的人。连学生们背后都叫他酒

鬼，还编了他与酒的许多故事，在同学间传播。

教育局没有禁酒令时，他是一天两遍酒，而且每次都在半斤左右。学校领导有时见他浑身酒气，便会劝他少喝点，如果他看对方顺眼的，便不怎么吭声；不顺眼的，他则提高嗓门道："我喝的酒是自己掏腰包买的，不像有些人喝的是公家酒，没什么见不得人的。"学校领导哭笑不得，摇了摇头走开了，真是好心当作驴肝肺。要是放假了，他喝起酒来更加放肆，能从十二点一直喝到午后两三点，然后睡上一觉，或者呼朋唤友搓上两圈牌，回来后又是一大茶杯酒。有时，他喝了一大茶杯还要添，老婆实在看不下去了，就会劝道："你就不能少喝点吗？不喝出眼屎你是不罢休。"他听老婆这样说，立即回击道："人生总得有个乐趣，我也没别的爱好，你不让我喝酒、搓麻将，就等于把刀架在我的脖子上！"说完，他又就着桌子上的花生米或者黄瓜喝了起来。如果偶尔感冒或者拉肚子，老婆说自己生病了，得爱惜自己身体，尽量少喝点酒，他则振振有词道："喝点酒驱点寒气、消消炎，有啥不好啊？"有月光的夜晚，他独自一人喝酒，甚至惬意地唱起小调来，我便跑过去笑道："真是当今的李太白啊！举杯邀明月，对影成三人。"他则快乐地招了招手："兄弟，就不能陪哥喝两盅吗？"我连忙摆手："我实在是不胜酒力啊！"他有时候激动地站起来，非拉着我喝上两杯。没办法，见此情景，我只得陪他，谁让他是我邻居，又在同一个办公室，总得为他凑点乐趣。

忽然有一天，教育局下了五条禁令，其中谈到了禁酒。他立即拉长了脸，但仔细一看那禁酒令，紧锁的眉头又舒展开来。"酒后不准进课堂。""这没什么难的，尽量中午不喝酒，到晚上再补上也不迟啊！再说假如中午真的喝了酒，就把课调到第二天上吧！呵呵，这禁酒令还是有点人情味的，没把我老黄逼到绝境。"

这样一来，朋友们或者学生家长请他吃饭时，都尽量安排在晚上。有一次，一位在外做生意、发了些财的学生请他吃饭。学生在酒席上频频举杯敬他，又说了许多感恩的话。他禁不住喝多了，说话时嘴里打哆嗦，走路时脚底打飘。同去的小王老师一路扶着他，一直将他送回家，老婆见此情景，先是骂了一通，然后还是无奈地找来脚盆放在床边。哪知道，他突然朝老婆吼道："谁让你拿来脚盆的？给我拿走！"接着就一脚将它踢翻。老婆没好气地说："你喝了那么多，究竟是为了什么啊？这么大岁数还不知好歹。"他却一脸醉态，满心喜欢地说："你知道我今天吃什么了吗？海参、野生甲鱼、阳澄湖大闸蟹！喝的是什么啊？茅台啊！茅台，你见过吗？你知道多少钱一瓶吗？那价钱说出来能吓死你。平时谁能这样吃过喝过啊？我可舍不得吐，坚决不能吐，好不容易才将它吃下肚。"说完，他努力地控制着自己，可他肚子里却在翻江倒海。不一会儿，他还是张大嘴巴，吃下去的全部吐了出来。他醉眼矇眬地说："可惜了这么好的酒和菜。"然后昏昏沉沉地睡去了。

那天晚上已经十二点多了，我已经沉沉进入梦乡，他老婆突然狂敲我宿舍门，我慌忙起身，只见他老婆说黄老师屁股撅上天喊肚子疼。不知怎么了，请我将他送到医院。可他说什么也不肯去，说没事，肯定是胆囊炎，吃点利胆消炎片就好了。见他用开水将药吃下肚，不一会儿也好多了，再加上他执意不肯去医院，我又睡觉去了。第二一大早，张副院长就带着药瓶给他打点滴了。张院长和黄老师是同学，更是酒友。张院长一直陪到中午，黄老师实在过意不去，坚决要留张院长吃饭，再加上张院长也喜欢喝上两口，但苦于没人陪，没办法，他只得一边打点滴，一边在床上斜着身子陪酒。黄老师喝得兴起时，也忘记了疼痛，个把

小时，一瓶酒也就喝得底朝天了。见此情景，我笑着说："你怎么这样作践自己身体呢？"他则眯起眼睛，醉意朦胧地说："没事，最多再多挂两瓶水。"

一次，他下午放学后到一位学生家家访，由于和学生家长交流时间较长，一直到晚上七点多，学生家长实在过意不去，执意留饭。盛情难却，黄老师留了下来，哪知，学生家长酒量不行，没一会工夫，就倒在桌上呼呼大睡了。学生要送他回家，他则笑着说："没事，老师的酒量哪像你爸，老师再喝一斤酒都没事。"月光下，学生在屋后用目光把他送得很远。哪知，黄老师的老婆在家左等右等也不见他回来，于是，她就在学校里到请人找黄老师，他莫非出事了！于是，校长组织大家分头行动，到处寻找，可是就是不见踪影。黄老师的老婆吓得大哭起来，甚至动用了当地的渔民到河里用网拖。一直折腾到第二早上，黄老师才回家。后来，才听说，黄老师摸到人家猪圈，猪圈里面铺着柔软的草，于是他就一头倒下呼呼大睡。等到第二天，人家喂猪食时，才发现那头每天早上非常兴奋的小猪怎么没动静啊！走近猪圈一瞧，原来里面睡着位醉汉——黄老师。他吐出来的食物竟然被猪吃了下去，猪也醉了，到天亮还没醒。

太极拳痴

拳痴卢三是我在新世纪广场打太极拳时认识的。

刚调进城，我在局长办整天为局长写材料，没日没夜地爬格子，累得腰酸背痛，常常睡懒觉，很少有时间和心情到广场上打太极拳。偶尔也会去新世纪广场练练 42 式太极拳，那只是工作相对轻松的时候，或者是完成局长交代的任务后。

那天早晨，我穿着运动鞋信步走到有老头、老奶练太极拳的广场上，略活动了一下手脚，就摆开阵势，打起了太极拳。这时，一位中年男子穿着太极服，身上背着各种武术器械，朝我走来，站在一旁看了我一会儿的表演。然后用手托着下颌，微笑着摇了摇头："从哪儿学的？"我心虚地说："乡下学校里一位体育老师教的。"他说："这套拳不适合你打。""我可打了十多年了。"我立即争辩道。这种 42 式太极拳融会了陈式、吴式、孙式、杨式等太极拳，难度很大。他非常热心地为我讲解了起来。我张大嘴巴望着他，似信非信地点了点头。"有机会一定拜您为师。"我尽量把"您"咬重些。他笑了笑："随时都可以来找我学太极拳。"说完，他放下器械练了一趟拳，打得刚柔相济，形神兼备，韵味十足。我立即鼓了掌，称赞其好拳。随后，我就准备回家了，他却一直跟在我后面，一边说着各种拳的知识，一边自吹自擂一番，恨不得立即收我为徒。总之，给我的第一印象，这个人真是热心肠。临分别时，他问我明天来打拳吗？我笑了笑："如果有时间和学拳的心情，我一定会来找你。"他傻傻地笑了笑："好的，我一年到头在这一带教人太极拳。"

一晃几年过去了，我也只是偶尔在家中继续练习 42 式太极拳，尽管打得不怎么样，但我还是不忍心放弃这套拳，因为我也是在乡下那位体育老师的"逼迫"下，学了一个多月才初步掌握了这种拳的套路。后来，由于我患眼疾的原因，终于从局长办调到教育科，尽管在一个单位工作，工作量和劳累程度不可同日而语。再加上我后来心脏有点小毛病，于是，我又决心认真学习太

极拳，而且尽量学得精一点、透一些，不至于像鬼画符。如果太极拳打不到位，就没有什么效果。一天早晨，我在勺湖公园附近遇见他。我将他叫住，流露了想学太极拳的心思，但又怕起早和吃苦，因为我知道太极拳看似容易，可学起来挺不容易的，但为了身体健康，我下决心坚持下去。他一脸乐呵呵的样子，说："欢迎啊！我每天都在北宾馆西边美食广场教人学习太极拳，你如果来的话，就可以到那儿找我，那边有一大帮人呢。"我认真地点了点头，并且和他紧紧地握了握手，以示自己的决心。

过了几天，我才到美食广场去找他。习惯睡懒觉的我虽然下了决心，可是到了早晨还是不能早早起身，后来干脆让老婆叫我。呵呵，那天早晨，我终于来到美食广场，只见一帮人都非常热情地朝我打招呼和点头，我心头暖暖的。看样子，这个卢三早就将我想拜他为师的事对他的一帮徒弟吹了风。这一帮人中大多是老头儿老太太，花池旁边有两个小青年儿也在练太极拳，但练的套路似乎不一样。那帮老头儿老太学的是陈式太极 74 式的，那俩小青年儿学习的是陈式 18 式的。我对卢三说，学陈式 18 式吧，早点学一套拳也有成就感，这样更会坚持下来。那头老头儿老太劝我学陈式 74 式的，学会陈式 74 式，陈式 18 式也就不要学了，自然而然就会了。可我还是加入了这两个小青年儿的队伍。一来二往，我和他们熟悉了：一位是吴承恩中学的美术教师，姓严，老家是徐州的；另一位是暑假放假的大学生，他妈妈叫他来拜卢三为师，姓赵。我就叫他们小严、小赵。大概学了两周时间，我基本掌握了陈式 18 式的套路。随后，我就跃跃欲试学习 74 式的。不久，又来了几个人，由于年龄大了，他们想学 24 式的，说这套拳学起来容易，练起来简便。时间一长，我发现他忙得团团转，几乎没有休息的时间，于是我便向卢三提意见了。我说你这样可不行啊！你得统一教一种拳，由易到难，循序渐进。他叹息说，没办法啦！各人有各人的需要啊！你得满足他们，否则他们就会跑！听他这么一说，我笑了："我本以为学拳要交学费的，哪知道你是求着他们学拳啊！"他不仅不恼，反而乐了："我这不是边教边学嘛！我既锻炼的身体，还能把以前学习的不少拳路都能记得！何乐而不为呢？"我说："我只是为你好，你看着办吧！别累坏了身体。"

没过几天，他严肃地对我们说："从现在起，我只教你们74式，等学好这套拳以后再教别的套路。"可是还没等这套拳教完，就有徒弟背叛他去拜别人为师了。因为美食广场非常空旷，每天早晨有不少人来练拳。其中，一位姓蔡的太极拳练得太吸引大家眼球了，大家都情不自禁地为他鼓掌叫好。卢三见此情景，他说姓蔡的拳打得是好看，但那只是外家拳，算不上真正的太极。听得出来，言语之间流露出嫉妒。没过几天，小严跟姓蔡的学练桩了。这时，卢三就去找他，小严却不过情面，偶尔也来向卢三学上几招。可日子一久，小严就不再来和卢三学拳了，完全成了姓蔡的徒弟。紧接着，里面打得最好的一位老太也提出离开队伍，要拜姓蔡的为师，他有了强烈的危机感！不久，他带着残兵败将离开了那叫他有些伤感的美食广场。

在我们驻地附近，有万寿园和新世纪广场，尤其是新世纪广场是个不错的活动场所。新世纪广场有两个稍大一点的活动场所，其中地块大一点的已经被人占领了；另一块空地因靠近公厕而闲着。对我们这帮残兵败将来说，能有块地方锻炼已经是不错的事了。一位姓周的老太说："那块大一点地盘其实事先是卢三的，后来卢三争不过人家，只好又跑到了别的地方。"我生气地说："卢三也太仁义了，换了我就不让了。"周老太说："你不知

道，卢三只是个三轮车夫，人家那位太极拳师傅是供电局的退休干部，和卢三比，人家各方面都占优势。"我望着卢三，笑着说："我怎么很少看见你拉客啊！要是换了我，我肯定没有兴趣打太极拳，积蓄点精力去拉人挣钱呢！"他掏出一根劣质的烟，一边抽着，一边慢悠悠地说："我原来有严重的高血压和心脏病，后来通过锻炼，血压稳定了，心脏病也好了。心脏病重时，连走路也会摔跟头。现在，你看看，我多健康啊！这是花多少钱也买不来的啊！"我望着他红扑扑的脸，微微地点着头，但愿我也能交上他的好运，不要服药、打点滴，就能将轻微的心脏病治好。

妻子脱发前后的那些事

去年春节前，妻子就满脸愁容地对我说："你看我的头顶上头发稀了不少。"我笑了笑，故作轻松地说："没事的，用我的霸王吧，效果挺好的，时间不长头发就会长出来了。"可是，用了一段时间霸王，她的头发掉得就更厉害了。见此情景，我也慌了神，立即建议她去区皮肤病医院去看医生，而且我让她找了在医院工作的学生，请他关照。医院里有个熟人，看起病来心里就踏实了许多，这是社会上潜规则逼出来的。

每次洗头，她一下子就能从头上抓出许多头发。或者从水池中捞起不少头发，她就会立即把我叫过来看，有时甚至大声尖叫起来："这怎么好，怎么叫我去见人。"朋友家的小姨子结婚，她也不想去参加晚宴，说是怕别人的目光落在她的头上。她说只有搓麻将时才会忘记掉头发的事，我茫然地望着她，只好点了点头："小麻将，你去玩吧，反正输赢也不大，一场玩下来也就一百块钱左右。"

过了一个星期，头发依旧在掉。她要到淮安市医院去看病。因为我的同学说，要想看病就到市医院，要想多花冤枉钱就去别的医院。到市医院回来后，妻子情绪好多了，她告诉我医生说这病不难看，就是需要一段时间的认真治疗。呵呵，好啊！能看好病就好，花点钱买回了妻子昔日的丰采值得。又过了一个多星期，妻子叫我看看她的头顶，急切地问，长了吗？我说长了。然后她又将我的手拉到她的头顶说，扎手吗？我又摸了摸她的头顶，笑着说扎手。她见我笑了，慌忙问："你讲的是真话吗？"我立即收起笑容："是真话！"她这才半信半疑地找来镜子仔细瞧着，然后喃喃自语道："是长了一些！只不过还没形成气候。"我说："你用的是神药啊？哪有这么快？"能哄她，心里就偷着乐。但一旦真的全部脱落了，可能再也无法善意地骗她了。为此，我忧心忡忡。

自从她头发大面积脱落之后，她就养成了见到别的女人就看人家的头发，对头发乌而密的则生羡慕，对头发稀疏的则联想到自己，时常暗自感慨和叹息。我也更爱看别的女人头发了，稀疏的则心生感慨，似乎为妻子找到安慰；乌密的则生羡慕，以前我的妻子也是这样的！哎！人生易老，人生易病，摊上谁谁倒霉，没办法。

妻子去市医院看了好几次就是不见效。正好，朋友的小孩子患视网膜神经炎，得到北京去进一步诊断和治疗，因为我有朋友和学生在北京工作，他们和北京同仁医院那边有点关系，于是，我带着妻子、朋友以及朋友的小孩一道进京了。

母爱是盏灯
muai shi zhandeng

乘了一夜的动车到了北京，一大早便往同仁医院赶，得抓紧机会先给孩子看眼疾，因为逮着专家看病的机会不多，得准时、快速，一旦失去机会，或许就会再等许多日子，我和朋友都耗不起时间。我得工作，朋友得忙生意。朋友的小孩子看病的同时，我学生的朋友、神经外科邱主任听说我们也来看医生，便热情将我们介绍他老泰山那儿看。据说他是看中医的，非常有名，就是退休了，在一家不起眼的社区医院给人看病。我们打车找到了那个社区医院，那老头子年近八十了，享受国务院特殊津贴，还是博士。他给我妻子把了脉，开了药方，说她气血两虚，且肾亏。我们抓了十几包中药，带到所住的宾馆。可妻子不时地对着手中的落发而流泪，我怎么劝她也不成，反复说："怎么得了，我的形象太差了，见不得人了。"见此情景，我真有点手足无措了。朋友从另一个房间走过来，劝说道："没事的，又不是什么不治之症。"说了许多安慰的话后，她才止住了哭。我知道美好的形象对女人的重要性，可是我无能为力啊！不一会儿，朋友的小孩子也走了进来说："我当初眼睛什么也看不到时，也非常痛苦，多次哭泣，甚至绝望！当我的病情好转时，我的心情一下子又开朗起来！阿姨，我的眼睛可比你头发重要多了！"妻子听了这孩子一席话，终于破涕为笑，于是房间里的气氛又轻松了起来。

一个周末，女儿又回来了，刚开始看了母亲的日渐稀疏的头发，感慨道："妈妈的形象真大打折扣了。"但随即话锋一转说："幸亏不是不治之症，与得了不治之症的人相比，你算是幸运的了。"呵呵，自从女儿上了大学之后，她的思想和语言不知不觉地上了一个台阶。说话、做事越来越像个成熟的大人了。可有时候还是显得孩子气，甚至有点不晓得好歹。那天晚上，我们一家到新世纪广场散步，妻子在路上说，一天之中晚上是最开心的了！是啊！见她开心，我们也开心了地闲聊起来。突然，女儿撒娇地喊了一声"秃"！妻子立即生气了，眼泪几乎都下来了，女儿连忙跑过去道歉："对不起！我是叫着玩的。"我也板起面孔说："这种玩笑也能开吗？下次可不能这样，哪像个大学生？"但妻子还是高兴不起来，一直闷闷不乐。这孩子，真不知道怎么说，在外面时常说想家，想妈妈；可是回来了又与她妈之间经常产生小摩擦。

后来，放暑假了，她一回家看到妈妈的头发长势喜人时，立即咧开嘴笑了，笑得甜甜的，笑得家庭暖暖的，像风和日丽的三月。妻子几乎天天对着镜子照，然后又欣喜地告诉我："真的长了不少哟，这药真管用，不愧是专家啊，国宝级专家。"许多亲朋好友见了，都向她投来好奇的目光，然后又是聊了一通头发的事，聊她的头发先前是如何的，然后又是怎样日夜忧愁，再以后又如何的突然峰回路转，总之结局是喜悦的。这样一来，哪位朋友来向她要药方，她就将药方给谁，我拿到单位，复印了许多份。在这一点上，我们总会不遗余力地帮助别人。但有一点是要反复提醒对方的，那就是一定得对症下药哟！否则就可能适得其反。自己的病治好，同时又能适当地帮助别人，真是一件非常快乐的事！

侄 女

侄女举家进城，目的非常简单，就是让儿子能接受好一点的教育。第一次到我家时，她带来了一些家里长的瓜果、蔬菜，我

见了挺亲切的，它让我感受到了家乡的气息。她一脸无奈地说："二叔，人一辈子强苦强挣为的啥？不就是为了给孩子提供好的教育吗？将来能够有出人头地的一天。我们村条件稍微好一点的人家都将孩子转到城里读书了。论条件，我也不比别人差多少。孩子他爸在运输船队上，月工资4000多元，在我们那个小地方收入应该可以了。听说某某小学和某某附小质量不错，叔帮我将孩子弄进去。"我见她一脸的急切和诚恳，我点了点头。我本想给某某小学的校长挂个电话说这事，但转念一想，我是机关普通工作人员，如果只是挂个电话，怕自己不够分量，人家因此不给面子，不如干脆到校长办公室找校长去。面对面，脸对脸，即使校长有点难处，他也会尽力把这孩子收下的，况且是我侄女的孩子。我跑了几次，校长不是去开会，就是忙接待上面领导。总算等到了一次机会，我把来意向校长说了，哪知校长很爽快地答应了，并把孩子的姓名和有关情况记了下来。没想到事情如此顺利，我身上立即轻松起来，告辞时再三说着感谢的话，没到一个月的时间，侄女又手提一箱牛奶到我家找我，说得请老师吃饭，请老师多关照孩子。老婆在一旁微笑着说："以后到我家来就是串门玩，别那么多礼，否则让人感到生分。"我也笑了笑："以后再来就别带东西了。再说需要请老师吃饭吗？我也做了好长时间的教师，只要孩子好学上进，老师都会喜欢、重视的，不会分出彼此的。"但我的这番道理在侄女面前是行不通的，她说她懂，只是听孩子说他们班不少学生家长都请客送礼，如果连顿饭都不请老师，怕孩子在班级里吃亏。在她的多次纠缠下，我又只好接下这差事。只是她临走时，老婆说："你把这箱牛奶带回去给孩子喝吧！"哪知侄女笑着说："婶嫌少是吗？"这句话将我老婆呛在了门口，再也没说什么。我只好一边和她说着话，一边把她送下楼去。这件事，我没有帮她办成，尽管我打了几次电话约她孩子的老师，可人家只是一味地谦虚，死活不答应。其实，我也知道，他们经常被人吃请。后来，由于我怕烦，侄女也没有一个劲儿地追我，再加上工作上事情多些，最后也就不了了之。一年多后，侄女又打电话给我说晚上到我家玩一会儿。这回老婆笑了笑说："你家侄女挺现实的哟！无事不登三宝殿啊！有事了就想起你这个叔，没事时，就是过年过节她也不会打个电话过来，更别说带什么东西孝敬你。"见她这么说，我说："你和孩子计较什么，再说我们还年纪轻轻的，要人家孝敬干吗？"说心里话，如果是嫡亲侄女，我或许会在背后点拨她一下，甚至教育她几句，堂侄女了，算是隔了一层，话说多怕不好。果真如老婆所料，她一个朋友玩麻将时，被河下派出所抓着了，要罚款8000元。朋友的事也找我来帮忙？我心中多少有点不悦，怪她多管闲事，更何况我又不在公安系统，得求人去帮忙。但她已在人家面前夸了海口，说找叔一定能把事情办好。没办法，我又通过同学关系帮她办成了这件事，少罚了点款当晚就把人放了出来。再后来，她在城里无论什么事，大事小事，难事易事，都会想到我这个叔。就像我老婆说的，她把叔当差役使唤了。"唉！人家孩子在城里，除了我们，举目无亲，不找我们又去找谁啊！"老婆说："不论怎么说，以后就是再好办的事，你得说事情不太好办，得请客送礼或者送卡。再说你给她到处跑腿，拿热脸去贴人家冷屁股，她知道你的感受吗？否则她认为找到你什么事都好办，就像到集市上买菜一样容易。得让她放点血，知道点疼，别做个实心菩萨。"我只是笑笑了事。又有一天早上，我们还没起身，家里电话突然响了起来。老婆从睡梦中惊醒，非常不悦地拿起电话。一听是侄女，老婆冷冷地将电话递给我："是你家侄女的电话，肯定又有

事找你了。"我接过电话，侄女说她已经到我家楼底下了，想来看看我们。我放下电话，连忙开门让她进来。她手里提着蛇皮口袋走了进来，进门后仔细瞧了瞧我，然后又走进房间和她婶打了招呼。见她神情怪怪的，我忙说："有事吗？"侄女笑了笑："没事，只是长时间没和叔、婶联系了，想看看你们。"侄女一边和我们叨着家常，一边和我们吃着早饭。在我上班前，我还是小声问了她一下："有事吗？"她依旧笑了笑："没事。"见我要上班，她也要走。下楼后，我站下来小声地说："到底有没有事。"她大声笑了起来："真的没事烦叔。"然后又把嘴凑到我耳边说："昨晚我做了一个梦，梦见叔和婶闹离婚了，婶的娘家人把叔的腿打折了——我一夜也没睡好觉，一大早醒来就来看看叔和婶。见你们一切都好好的，我也就放心了。那蛇皮口袋里是藕和莲子，听说吃了它，夫妻和谐、家庭美满。"听她这么说，我的鼻子酸酸的，眼睛湿润了起来。在她临走时，我说："叔和婶都很好。在城市里生活比不得农村，你要多长个心眼，以后有什么难事尽管找叔，叔在城里待的时间比你长，认识的熟人比你多，事情相对好办一些。"她高兴地点了点头，挥挥手与我道着再见，消失在小城深处。

复　活

这是一个叫人饿得啃石头的年代。

狗娃娘刚生下狗娃就晕了过去，半天才在狗娃爸喂的一勺勺红糖水中醒来。狗娃一生下来哭声就非常微弱，双眼紧闭，嘴唇青紫。狗娃奶奶看了看这孩子，一脸麻木地摇了摇头，这孩子是个讨债鬼，怕活不成了，赶紧扔掉吧！别把一家人都拖累死。可狗娃娘强撑起身体将干瘪的乳头塞进孩子嘴里，狗娃的嘴竟然轻微地动了动，她欣喜地将孩子搂在怀里，眼泪像断了线的珍珠。

好几天过去了，孩子的气息更加微弱，狗娃娘怎么努力将乳头塞进狗娃嘴里，狗娃就是不张开。从乳头里挤出来的几滴黄瓜水，白白地滑落到狗娃娘的大腿上。站在一旁的狗娃爸，紧张地搓着手说："去找张中医，他说有救就给娃看，没救就——算了吧！"当狗娃爸说完"算了"的时候，便向狗娃娘投去胆怯的目光。"箱子底下还剩两块钱，你拿去吧！快去快回。"狗娃娘望着狗娃爸说。狗娃爸带上钱，抱着狗娃，刚走到门口，狗娃娘的声音又追了过来："不问好歹，一定要把孩子带回来。"狗娃奶奶悄悄地跟在狗娃爸后面，到村口时说："真的一点希望都没了，就随便扔了吧！别再带他回家了。"

狗娃爸头也没回地就上路了，眼里汪着泪。

张中医把了狗娃的脉，扒开狗娃的眼，然后神情凝重地摇了摇头说："回吧！花一点小钱叫人把他扔掉。""求求你了，你再想想法子，救救这孩子吧！"狗娃爸扑通一声跪了下来，带着哭腔，"回去后怎么向狗娃娘交代啊！她可是性情刚烈的女人。"张中医站起身走过去，将狗娃爸扶起，然后走到窗口背过脸去说："也不留你饭了，请回吧！我非常想救这孩子，可我不是神仙啊！别再花冤枉钱了！"

狗娃爸神情黯然地将狗娃抱着往回赶，可刚到村口就被狗娃奶奶截住了，说什么也不准将把狗娃带回去，死孩子带回家不吉利啊！一年都会晦气的。狗娃爸一屁股坐在地上，哭了起来，左右

不是!"就说走在半路上断气了,扔了。"狗娃奶一脸冷漠,"我事先已经用2角钱请好了一位孤寡老头了!"僵持了许久,狗娃爸将手放在狗娃的鼻端又试了试,感觉一点气息都没有了,便无奈地将孩子放在地上抹着泪回家了!

狗娃娘见狗娃爸一个人回来了,忙问:"孩子呢?"

狗娃爸说:"没了。""你马上把他找回来,活要见人,死要见尸!否则你也不要回来了!"狗娃娘几乎愤怒、悲伤到了极顶,嗓门提高到了极限。狗娃爸被她悲伤的吼声震住了,呆呆地立在院中。见狗娃爸没动步子,狗娃娘急忙要从床上站起来,吓得狗娃爸忙跑过去扶住她,连声应道:"就去,就去,一定把孩子给你找回来。"

狗娃爸在埋葬狗娃的孤寡老头带领下,找到了那一片芦苇滩,可狗娃不见了,只见不远处的堆堤旁立着一只白狗,不时地朝这边张望,他们似乎有一种不祥的预感。当他们靠近狗时,不禁惊呆了。这只白狗用狐一样的眼神一边望着他们,一边用舌头轻轻地舔着狗娃脸上的泥土。狗似乎没有伤害狗娃的意思,这可以从它那清澈的目光中看得出来。他们也没敢进一步靠近它,害怕它万一做出伤害狗娃的举动。哪知,白狗突然仰天狂吠,然后用嘴把狗娃轻轻叼起,送到他们面前,就头也不回地消失在一片芦苇丛中。

狗娃被抱了回来,狗娃妈一把将狗娃紧紧地搂在怀里,然后叫狗娃爸端来一盆温水,用白布不时地沾点水,把狗娃从头到脚洗干净,嘴里喃喃地说:"就是真走了,娘也得叫你干干净净地走。"在狗娃回来的第二天,狗娃的外婆从荡南赶了过来,后面跟着狗娃远房的姨娘。据说,这姨娘也在村子里看病,是位仙姑,专门看一些医生看不好的邪病。姨娘将狗娃仔细地瞧瞧,神情凝重地说："这孩子！病得真不轻啊！他得的是锁扣子病，十有九死。这样吧！只有死马当活马医了。如果你们相信我！我就试试看。"在这走投无路的情况下，她是这个家庭唯一的救命稻草，他们把希望全部寄托在她身上。

仙姑叫狗娃家找来了一枚顺治铜钱、一条野地里刚挖出来的小黄鳝。将黄鳝尾巴上的黏液抹净，并用麻绳系紧。仙姑将手脸洗净点燃三炷香，并磕了三个响头，然后站起身来。只见她一边将烧得通红的铜钱猛地按到狗娃的头上，一边将黄鳝慢慢地顺进狗娃的嘴里，麻绳始终攥在手心，不让小黄鳝完全溜进狗娃的肚中。黄鳝在狗娃的肚子里蠕动了许久才取出，然后再到小河边把黄鳝放生。几小时过后，狗娃终于张开了嘴，第一次有点用力地吸着母亲的乳头。仙姑说要宰只老母鸡熬汤为孩子补元气。狗娃家只有两只下蛋的老母鸡，是家庭生活的主要来源。狗娃爸咬了咬牙，狠心宰了一只。过了一周，孩子的小脸终于有了红晕。同时，奇怪的事情发生了：他家的草堆旁时常会发现一些死了的野鸡、野兔之类的东西，这对狗娃家来说无疑是雪中送炭。村子里有人说有只白狗经常在狗娃家出没，也有人说是只白狐。

一天，狗娃爸远房的侄儿兴冲冲地跑来请狗娃爸吃狗肉。狗娃爸到他家时，只见院里的大树上吊着一只白狗，那狗吐出长长的、猩红的舌头。狗娃爸围绕这狗转了一圈儿，突然觉得它这么眼熟——是它，就是救狗娃的那条白狗。狗娃爸跑到侄儿面前，愤怒成一头狮子，指着他的鼻子说："快把它放下来，否则和你没完，它是我们家的恩人。"侄儿被他的举动吓蒙了，半天才回过神来说："它就是救狗娃的那条狗？"

可侄儿就是不愿意将它放下，半蹲在地上，耷拉着脑袋说："人死不能复生，狗死了也活不过来了，不如叫活人饱饱口福，

我可是半年没吃肉了。"狗娃爸可急了，一边将狗从树上放下，一边说："我把家里那只老母鸡给你送来，你把狗让我带走。"侄儿见叔叔这么坚决，也就答应了。当狗娃爸将自己的想法告诉狗娃奶和狗娃妈时，她们二话没说，用什么换都行，只是别吃了"恩人"，人啊！就得知恩图报，否则还算人吗？禽兽不如了。

当天，狗娃爸就找了个僻静地方将白狗葬了，并在它墓前立了一个石碑，上面写着：狗娃一家恩人之墓——白小姐。从此，村里经常有人说夜晚或者阴雨天在那墓地会站着一位穿白衣服的漂亮姑娘，也有的说经常有只白狐从墓中出没。

面　相

孙老汉刚在女儿家吃完午饭后，就急忙下楼到对面的站牌等62路公交车，准备到商贸城去进货。从村干部位置上退下后，他就在村桥头摆了个卖杂货的小摊子，挣点零花钱。

等了许久也不见公交车，太阳毒毒的，再加上喝了几杯烧酒，他感觉异常闷热。此时，一辆电动三轮车慢慢地向他游来，车上已经坐着母子俩，那小孩子六七岁左右，母亲在三十岁上下，模样周正，驾车的是一位中年男子。那中年男子问："老爷子！去哪里？"

"商贸城。"老汉一脸是汗地说。

"哟！正好，一路的，上车吧！"中年男子热情地说。

"几元钱？"曾经在城里乘车吃过亏的老汉，在没谈好价钱前，是不会轻易坐上三轮车的——防止车主到了目的地再加价宰他。

"两块钱，顺带，只当是做好事的，看你这么大年纪也不容易。"中年男人走下车来，热情地将老汉扶上车。老汉连忙说："谢谢！没事的，我能上车的。"那女人忙伸出手去将老汉拉上车，并且把坐在她身边的小孩子拉到自己的腿上。老汉在三轮车上坐定，一看这孩子，眉清目秀的，他摸了摸孩子的头："哎！挺乖的，这孩子学习一定很好，以后是个人才。"女人道，这孩子顽劣得很呢！在幼儿园经常和人打架。

"我懂点面相学，只要你好好培养，这孩子长大了肯定会有出息的。"老汉自信地对那女人说。那女人不屑地撇了撇嘴："不过，我也听说世道变了，人心坏了。贼眉鼠眼做官发财，方面大耳劣困潦倒。"老汉连忙摆手："你说错了。你讲的只是个别现象，不能代表全部。"那女人突然咯咯地笑了起来："方面大耳人老实厚道会吃亏，贼眉鼠眼阴险狡猾能得势，现在社会到底什么样的人有市场啊？"老汉把手指指向自己："你看我像个什么样人？"那女人窃窃地笑道："也就是个老实的庄稼人，还能做什么？"老汉脸红脖子粗地争辩起来："我原来是做官的，现在退下来做点小生意。"说完，他下意识地摸了摸口袋里一千元钱。那女人仰脸大笑，抖动着胸前的大奶子："瞧你这样也能做官？什么官？村里书记？"老汉本想说自己做过村会计，但见那女人不屑的神情，便抹了抹脸上的汗水再也不吭声了。那女人将身子朝他挪了挪，温柔地说："生气了？别生气！我是说笑话的。"

快到商贸城时，女人朝骑三轮车的中年男人大声叫道："停车！停车！到了。"车子立即停了下来，那女人掏了5元钱，那

中年男人找了2元。

随后，车子又启动起来，向商贸城奔去。到了商贸城，老汉一摸口袋，瘪瘪的，怎么了？浑身找钱，甚至将全身脱得只剩下一件短裤。老汉向来是谨慎的，只要带钱进货，天气再热，他也要多穿件衣服，将钱尽量往里面口袋藏。此时，老汉急得浑身是汗，眼睛都被汗迷住了，中年男子急忙问道："老爷子，别急，再找找。"老爷子一拍大腿醒悟道，肯定是那对母子。哎！看不出来啊！原来是小偷。呵呵，小偷的脸上也没刻字，你怎么认出来。这老汉一屁股坐在一棵小树的阴凉下，过了一会儿叹息道，这女人真有本事，一点都看不出来啊！我佩服。瞧那面相不应该是个小偷啊！今个算是开眼界了。只是连回家的路费也没了。老汉天生就是佩服有真本事的人，只是这女人下手也太狠了，怎么连一点回家的路费钱也没给他留下。

中年男子见老者这样，忙安慰道："算了，我再将你送回原地吧！到你女儿家再拿点钱。"老汉见事已至此，也就只好自认倒霉了！中年男人将他送回原地，老汉说："你就在这儿等我，我一会儿就下来。"不一会儿，老汉果真下楼来了。见三轮车夫还在路边等他，老汉非常感慨，这世上还是好人多啊！辛苦你了。三轮车夫道："上车吧！"当老汉再次到了商贸城后，问车费多少钱。三轮车夫说："随你给吧！"老汉从口袋中掏出10元钱。三轮车夫要找钱给他，老汉一把将他的手摁住："别找了，看得出来，你是个好人，我真会看面相的！"

老汉从人群中消失了。三轮车夫才加快车速左拐右绕，不一会儿，三轮车驶进了刚才那对母子消失的小巷深处。

报　复

这天，胡老师刚上完晚自习，就急忙往宿舍跑，推出自行车时，便觉得天空中似乎飘起了小雨，心中立即咯噔一下，想起前几天晚上从野圩中穿过小路的情景，禁不住毛骨悚然起来。

那天晚上，月明星稀，他骑着自行车，快要到小桥时，他习惯地下了车。这时，好像有什么东西像树雕似的突然立在桥上，他定睛一瞧，原来是只狐狸，此时，他进退不得，与狐僵持了许久，便闭起眼睛叽咕道："大路两边，各走一边，平日无仇，今日无冤，何故吓我?"说也奇怪，等他叽咕几遍之后，睁开眼睛一看，那狐悄然退去了，他这才松了一口气，跨上车便飞快地骑起来，耳边只有风声，心中充满恐惧，仿佛身后有人追似的。倒头睡上床时，他突然想起自己似乎得罪过狐。有一次，狐光临他家时，大摇大摆地从他家的鸡窝里拖出一只正在下蛋的老母鸡，他立即找来一根棍子追吓狐，鸡趁机从狐口逃生了。妻子尽管心疼得要死，还是埋怨他不该这样对狐，狐会记恨、甚至报复的。想起刚才一幕，他对妻子的话似信非信起来。

胡老师每天给住校生上完晚自习课后都得通过一段野圩，那野圩的西边是河，河边时常停泊几只小渔船，东边是鱼塘，再东边便是一片开阔的田野。经常有人从野圩中走过，时间一长就踩出了一条道，路两旁有稀疏的树，还有几座乱坟。今晚他非得回去不可，妻子一人在家，上晚自习课时，她就打来电话说她身上

有点发烧。再说，谁见过鬼了？世间要是真有鬼，怕鬼多成灾了。这样一想，他便释然了，故作轻松地骑上自行车，哼起了小调，给自己壮胆。

走近鱼塘时，鱼塘边突然传来很响的水声，此时，他停下车一看，似乎有鬼火在跳动。"不好！今晚真遇上鬼了！"此时，他后悔没带上手电筒，匆忙间竟把手电筒忘在了宿舍。他停下了自行车掏出烟，可他的手哆嗦得无法将烟点燃。没办法，他见河边小渔船里有灯火，像见了救星似的大声喊道："来人啦！有鬼哟！有鬼哟！"可是他喊破嗓门也没人答应，渔船上灯火也突然先后熄灭了。鱼塘边的鬼火跳得更凶，此时，他已是浑身汗了。他想要是就此骑车溜走也没什么，难道鬼真会在后面紧追不舍？自己和它也没仇，但究竟是人是鬼这谜团永远无法解开，心病就此患了。俗话说，心病难治。于是，他鼓足勇气，将自行车向那鬼火疯狂地推近，等靠近时，他拿出全身的力气双手举起自行车就要朝鬼火砸去。哪知，鬼火突然哀求道："二叔，是我啊！三胖子。""你在干吗？为什么不吭声？想吓死叔啊！真没出息，居然偷人家鱼。"胡老师心中的恐惧没有，浑身却像一摊稀泥似的。三胖子有气无力地说道："二叔，我再也不敢了，请二叔给我保密。"三胖子话没说完就双膝着地跪在胡老师面前。"滚回家去！你这个没出息的东西。"胡老师一边说，一边骑上自行车回家去了。

回到家中，胡老师除了生这个没出息的远房侄儿的气，更生几条小渔船的气。今天是我没有遇见鬼，要是真遇见鬼，他们也见死不救啊！于是，在一个漆黑的、下小毛雨的夜晚，他将自己的腰带扣在自行车后面，在小树丛里使劲地拖着，手中的电筒不时地闪烁着，几个小渔船上的人都大声地喊："谁啊？

谁啊！"他只是窃笑而不应。小渔船慌忙起锚开往别处，第二天就盛传野圩闹鬼的事，胡老师听说后，心中暗喜：活该，真是报应，谁让他们见死不救啊？证明他们心中真有鬼，一个见不得阳光的鬼。

相安无事

阿顺其实挺不顺的，原来在乡下水利站工作，后来因为想进城就调进了县燃料公司，没过几年好日子，就突然下岗了。阿顺挺郁闷的。

终日无所事事的阿顺时常借酒消愁，终于染上了酒瘾。中午喝，晚上喝，下酒的菜很简单，一碟花生米，一盘猪头肉，一天两顿酒是正常的事，要是老婆数落他："你啊！真是馋酒，非喝出眼屎来不住手。"正在酒兴上的阿顺不听老婆的，他立即提高嗓门道："我既不赌钱，又不嫖娼，再不让我喝点小酒，你想把我逼上绝路啊！"

一位好朋友找到阿顺，劝道："老弟啊！你总不能什么事不做在家坐吃山空啊！应该干点名堂。"阿顺奋拉着脑袋："我能干吗啊？四十出头的人了。上街蹬三轮，我不怕吃苦，可老婆怕丢人。到南方打工，孩子没人照应，老娘没人服侍，有点姿色的女人放在家里更不放心。"那朋友说："你不能熏烧猪头肉卖吗？既可以方便自己，也可以赚点钱养家活口。"阿顺把大腿一拍，咧开大嘴笑道："行啊！这是个好主意。真是老病鬼子开药店——

吃一半卖一半啊!"

从此,阿顺的猪头肉成了飞翔街上的一个金字招牌,远近的人都乐意来买。说也奇怪,阿顺经常做着与猪头肉有关的梦,大多数梦都是美美的好梦,弄得阿顺醒来后满脸满嘴的口水。那天中午,他刚睡下,就迅速进入梦乡。

那个卖铁板鱿鱼的李明达气愤地跑过来,用手指捏着几条明晃晃的大白蛆,责问他,猪头肉里怎么会有这玩意?阿顺见李明达就直反胃,那对贼溜溜的小眼睛经常往阿顺媳妇脸蛋上、胸脯处闲逛,阿顺气在脸上,恨在心里,对他没好感,可又拿他没办法。他分明是来找碴儿的。阿顺把脸一扬,挺直腰杆回应道:"我阿顺的猪头肉,远近闻名,苍蝇不叮,蚊虫不咬,闻起来香,吃了健康,满面红光。"李明达不依不饶地说:"不行,这蛆就是你家猪头肉里的。你得赔我十斤好猪头肉,才会罢休。"

"哪有这道理,你分明在讹人。"阿顺用手指着李明达阴阴的脸,气得浑身颤抖。李明达欲纵身去抢猪头肉和油亮亮的花生米,阿顺一把抓住他胳膊,怒斥道:"你简直是土匪。"

李明达抽出胳膊,横眉怒目,恶狠狠地说:"我要去告你,你的猪头肉为啥连蚊蝇都不愿意吃啊?蚊蝇都不吃的东西,人能吃吗?为啥那么焦黄诱人啊?你以为我不知道你使了一些小手段啊!你放了一点点农药,蚊蝇自然不叮;加了一些工业色素,颜色当然好看。只要不立即吃死人,你就能安安稳稳地挣钱,和和美美地搂着老婆睡觉。"阿顺见他识破了猪头肉的机密,心虚得直冒冷汗。

"怎么样?公了,还是私了?要是私了,非常简单,叫你老婆让我亲一口,搂一下。"李明达得寸进尺。

阿顺想给他一嘴巴,可又惧怕李明达人高马大,感觉不是他的对手。损点钱倒是小事，想讨我老婆的便宜，我可不答应。突然，他一拍脑袋，急中生智："哎哟！你以为我不知道啊！你从来不让自己家孩子吃铁板鱿鱼，里面肯定也有害人的东西，比如那泡死人用的福尔马林。你使那些歪脑筋，骗孩子还可以，在大爷我面前就露馅了。"李明达猛地一步跨上前去，将猪头肉和蛆塞进了阿顺的嘴里。阿顺连忙将它吐出，发狠道："你想告我啊！我还要告你呢！这世道，谁怕谁啊！"

阿顺醒了，嘴里仿佛还有猪头肉味。他连忙漱了漱口、洗了一把脸，走出门口时正瞧见李明达在煎铁板鱿鱼，面前站着一排天真无邪的孩子，馋馋地舔着舌头。嘿！嘿！谁也不揭发谁最好，相安无事，和和气气地做邻居，太太平平地过日子。谁主动惹是生非就会败财，就是弱智！你我都不是傻瓜。

与狐言和

胡大傻一共养了 18 只鸡，自己重感冒时也没舍得喝只老母鸡汤，哪知前两天一帮狐就帮他报销了 8 只。他心疼得直想流泪。莫非是上次月光下和狐在小木桥上相遇时，大傻先用一把细碎的泥洒过去，见它没有什么反应，随后又对狐用了一次扫堂腿，狐纵身跃进了河中，许久才游上了岸。隔壁的王大妈说："别惹狐，它会记仇的。"大傻听后只是傻笑，根本没当回事，哪知狐真找上门寻衅来了。但不论怎么说，他得尽全力保卫剩余的鸡，这些鸡是他生活中不多的本钱。于是，他请来了本村的土瓦

匠用水泥将鸡窝围了个严实，让狐们在夜间无机可乘。

中午，胡大傻正在堂屋里睡午觉，只听鸡们惊慌地叫起来，他赶紧爬起身，跑近鸡圈一瞧，只见几只狐在搭人梯往里跳。大傻犹豫地捡起个泥块扔过去，真他妈的成精了。狐们一哄而散，一溜烟消失在草丛中，大傻朝草丛叫骂了几声，转身要回屋，身后却袭来了细碎的泥土。大傻又停了下来，猛地对着草丛踢了几脚，然后才又进屋睡在床上。刚有点睡意，鸡们又紧张地叫唤了起来。他一骨碌爬了起来，这回连狐狸的影子也没见着，鸡们紧张地散着步，一脸恐慌的样子。如此三番五次，胡大傻终于明白了，原来是狐在玩空城计。当鸡再一次紧张地叫喊时，睡得正香的大傻懒得起身，只是在床上狂吼几句，算是对鸡的安抚，对狐的恫吓。等一觉醒来后，鸡又少了一只。大傻只得买来了渔网将鸡圈包扎得叫狐钻不进去。

晚上，胡大傻刚睡意蒙眬地倒在床上，狐便从猫洞中钻了进来，将大傻刚买回来的自行车摇得山响。大傻拉亮电灯一瞧，空无一人，自行车的车轮却在晃晃悠悠的。大傻纳闷地将灯熄灭，刚要入睡，自行车又一次被摇响了。他又拉亮了电灯，还是空无一人。大傻隐约感觉到是狐在玩耍，于是，他又照例将灯拉灭。可这次，他只是假装睡觉，暗自屏住呼吸静等狐的到来，等了许久，就在睡意又一次席卷而来时，自行车又呼啦啦地响了起来。他猛地从床上蹦起身子，发现狐的爪子还搭在自行车的脚蹬上，仿佛正朝大傻得意地微笑着。大傻不动，狐也不动，四目相对，似乎在较着劲儿。待大傻正要下床时，狐转身从猫洞中麻利地溜走了。大傻将自行车上了锁，自鸣得意地笑了。他再一次将灯熄灭，安心地倒在床上，刚合上眼，只听自行车"嘭"的一声。大傻急忙拉亮灯爬起身，走过去用手摸了摸瘪瘪的自行车轮胎，无可奈何地苦笑着。原来是狐将自行车轮胎的气给放了。没办法，大傻找来了砖块将猫洞塞紧。

刚平静了个把钟头，胡大傻终于沉沉地睡着了。这时，突然响起了敲门声，一遍又一遍地敲，直敲得将睡梦中的大傻醒过来。大傻听见敲门声，揉了揉迷糊的眼睛，推开门一瞧，只见外面漆黑一片，连个人影也没有。大傻真的气坏了，一屁股坐在门槛上，从口袋里摸出一支烟抽了起来，手里提起一个坏椅子腿，生气地朝空中舞了舞，摆出个与狐一决高下的架势。这时，稻田边响起了狐们那清脆而快活的口哨声。

第二天清晨，天刚朦胧亮，他便到茅厕拉屎，刚解下裤子要蹲下来，只听茅坑里叽叽哇哇的尖叫声。大傻吓得赶紧提起裤子，仔细一瞧，原来是只狐。大傻得意得有点想笑，甚至幸灾乐祸，但看它可怜而无助的神情时，心却软了下来。怎么办？大傻寻思了一会儿，决定用粪舀子将它从茅坑中救上来。待大傻将粪舀靠近它时，它却张牙舞爪，发出绝望而愤怒的声音。大傻想狐肯定以为我是伤害它，哪里知道我是救它啊！于是，他嘴里念叨着："是来救你的，不是打你的，如果你不识好歹，我就走了。"哪知奇迹发生了，狐乖乖地跳进粪舀中，待狐从粪舀中走到地上时，狐并没急着走，却站起身来，双目凝视着他，前爪摆了摆，似乎想表达谢意，大傻说："谁要你感谢哟！以后别吃我的鸡就万幸了，你走吧！"狐刚走了几步，又回转身朝大傻一瞥，然后消失在草丛中。大傻呆愣愣的，那眼神像姑娘一般的甜蜜和温暖。

茅台爹

三喜有个特点，一年下来不论在外挣多少钱，都上交给爹，并且年年按时回家过春节。三喜打工几年了，每年春节回家都只带回千把元钱。在钱庄，凡在外打工的，一年下来，没有谁带回来的钱低于三五千的，就数三喜最少了。

三喜爹经常一边喝着三元钱一瓶的劣质酒，一边骂道："你啊！这辈子就算没出息了。读书读不过人，打工也打不过人！读书不成也罢了，还落下个近视眼！让人笑话。"三喜妈见他说多了，就在一旁小声地嘀咕道："娃不容易，风里来雨里去，孩子是个实心眼，你让他到哪里挣那么多钱啊？"突然，三喜爹停下正准备撷花生米的筷子，猛地往桌上一拍，骂道："有种的话，明年带两瓶茅台酒回来孝敬你爹。老子这一辈子能喝上你买的茅台酒，死也瞑目了。"

见爹责备自己，三喜放下手中的碗，蹲到墙根，耷拉着脑袋抽着劣质烟。村东头的黄大头，在上海拾垃圾，一年下来就净挣十几万，每次回来都带着茅台酒、中华烟等孝敬那个歪脖子爹，看得三喜爹直眼馋。这家伙死活不带本村人去拾垃圾，可能是怕别人断了他财路。据说最近给他爹办护照，要到什么马来西亚！那个歪脖子在村里丢人还嫌不够，还跑到国外去让洋鬼子看笑话！嘿！真不是东西。村桥头那个财根，矮矮胖胖的，活像个土匪，在外面搞建筑也发了财，经常把他爹带出去游山逛水。每次回到村，都给三喜爹、二狗爹等人讲外面的新鲜事，像召开新闻发布会似的，听得三喜爹睁圆眼睛，仿佛瞅见了天外来客。最后，他总会冲着三喜爹说："你是酒鬼！可你喝过茅台吗？那个酒瓶盖子一打开，满屋就是香啊！"三喜爹咂着嘴，诚实地摇了摇头。是啊！自己真没用。去年，三洼村的福喜曾找过他，要他合伙做生意，说发点小财容易。明年就去找他，尽管二牛曾说福喜那家伙可能不是什么好东西，小时候就偷鸡摸狗。唉！管他呢，这年头谁发财，谁就有本事，谁发财谁就是大爷。等自己真发了财，再金盆洗手也不迟啊！财根不就是这样的吗？

春节刚过，三喜就收拾好东西南下，找福喜做发财的生意去了。但他没有把找福喜的事告诉他爹，一定要等发点小财，买上两瓶茅台孝敬完爹，再让他知道。中秋节前几天，三喜真的托人捎回了两瓶茅台酒，并用自己刚买的手机将电话打到隔壁邻居家，叫爹接电话，告诉爹，他发了一点财了，等春节回来，也给爹买部手机！就像村长王大山腰里挂的那个，听得三喜爹咧开大嘴直笑。

三喜爹把茅台酒放在桌子上，像看稀奇地一样看着它，围绕桌子转悠了半天。与村里谈话时，三句不到就扯到这茅台上。村里人将三喜爹改口叫茅台爹，三喜妈改口叫茅台妈，从此茅台爹和茅台妈的绰号就在村子里传开去了。中秋节敬月时，茅台爹特地将茅台酒拿出来敬月，还放了爆竹，引得左邻右舍来看热闹。茅台爹怕茅台有个闪失，叮嘱茅台妈坐在一旁看守，不准任何人靠近，尤其是孩子。敬月结束后，他又将这茅台抱回屋子，像自己家刚生下来的婴儿一样小心翼翼。茅台爹躲到屋子里，将茅台放在鼻端眯着小眼闻闻，闻一次就喝一口那劣质酒，然后就着那一小碟花生米。最后，把茅台妈拉进屋子，叫她将鼻子紧贴在茅台上闻闻，然后吃上一粒花生米，美得像天上那轮明月。茅台爹

说："等娃回来过春节再喝！"茅台妈幸福地点了点头。

转眼到春节了。往年，三喜在腊月二十三四就回家了，今年却没能按时回来，最近连电话也不打回来了。茅台爹有种不祥的预感，连忙到隔壁村找到了福喜他爹，向他要了福喜手机号码。在茅台爹再三追问下，福喜才道出了实情。三喜被抓进了看守所，要茅台爹准备钱赎人，否则无法回家过春节。最好带上那两瓶茅台酒，那看守所所长最喜欢喝茅台。

茅台爹带上两瓶茅台，怀里揣着从亲戚朋友家借来的钱南下了。一路上，只要一有空儿，他就偷偷地用舌头舔舔茅台盒子，一次又一次品尝着茅台的滋味，品尝得老泪纵横。

出了这事后，要是村里人谁再叫他茅台爹，或者叫三喜妈叫茅台妈，他就和谁拼命，仿佛挖他祖坟似的。

面子的代价

三顺推着刚买的自行车到一家超市买东西，估计不一会儿就出来。不管那位戴袖章的老奶奶朝他怎么叫喊，三顺只是装没听见，硬是将车架到一棵梧桐树旁。他觉得把车架到看车者画的石灰线内，白送五角钱真不值得。

等三顺买完东西出来时，车没了。他以为是看车老奶使的坏，便愤愤地跑过去，责问道："把我的车弄哪里去了？"老奶冷笑道："你的车交给谁看管了？我一个老奶奶怎敢动你的车？——让城管拉走啦！"老奶话没说完就将脸别了过去，显出

不愿理睬的样子。三顺立即低下头，自言自语道："在乡下，可
没人敢动老子的车，我骑的摩托车从来不交养路费，路上也没人
敢拦。"老奶掉过头，扯高嗓门道："这是城里，不是乡下，让你
无法无天的！"

　　三顺一直在乡镇搞一些不成规模的房地产开发，发了一点小
财，在本地也算个名人，与社会上三教九流混得特熟。对他来说，
小镇里似乎到处是绿灯。但为了让读小学的儿子上到更好的学校，
接受更优质的教育，他特意在城里买了房。自从进了城，他更真切
地感觉到这世道什么事都得找人，找人办事似乎成了潜规则，不找
人寸步难行，像买房子、孩子上学、到医院看病等等。找个熟人，
办起事来就觉得踏实许多，心情也好很多。现在，这车被城管拖去
了，他首先想到的就是找人要回来，如果独自去，肯定先接受教育
然后罚款走人，这是多没面子的事啊！此时，他突然想起了村子里
有一个远房侄子在城里派出所当警察。警察！咳！谁不怕警察啊？
除非他是山中野人。说不定对方一分钱不罚还要赔笑脸呢！这样一
想，三顺立即神气起来，自己仿佛就是警察了。

　　三顺摸到派出所，找到了侄儿二华，把自行车被城管拖去的
事告诉了他。侄儿为难地说："我是个普通警察，怕人家不买账
啊！"二华想了想，跟三顺说："叔！你在这等会儿，我去找一下
胡所长。他和我是哥们儿。认识一下也不是坏事，说不定以后有
用得着的地方。"三顺一听说是所长要一起去，脸上立即放着光，
笑着说："那更好啊！只是惊动人家所长大驾啊！"

　　"是一把手所长吗？"三顺随即补充着问。"不是，副的，不
过在所里可是重量级人物哟！"不一会儿，胡所长来了，二华指
着三顺介绍道："是我三顺叔，在我们那儿可是个大款。"三顺听
了这话，挺受用地咧开大嘴笑了笑，立即站起身来，将步子尽量

挪开，用双手紧紧地握住胡所长的手。

他们坐着警车直奔城管执法大队，二华和胡所长坐在警车的前面，三顺坐在那四周都是铁栅栏的车厢里面，这可是犯人待的地方。三顺用双手使劲地摇了摇铁栅栏，头脑里突然冒出一个想法："人啦！什么事都能做，就是不能犯法。万不得已犯了法，不能坐在家里等警察来抓，还要去找人说情。这样就能大事化小，小事化了，起码找像胡所长这样的人物！如果犯了法坐了牢就连猪狗都不如了。以后说不定在一些事情上要麻烦人家胡所长，无论如何，自己不能在胡所长面前太小气，让人瞧不起！"走在半路上，三顺看到了一家烟酒店，他忙用手连拍车身说要下车。车停下了，三顺下了车就直往小店跑，买来了两包中华烟，给所长和侄儿分别塞了一包。侄儿二华在胡所长耳边嘀咕道："顺叔就是会办事。"

听说胡所长到了，一位胖胖的、矮矮的王队长忙从办公室里走了出来，把胡所长迎进小会议室。待胡所长坐定，他又是递烟又是倒茶。"我叔的车被你们拖来了！"胡所长用手指了指三顺，三顺连忙点头，并且小心翼翼地分别给王队长和胡所长以及侄儿二华递上烟。"有这事吗？谁有眼不识泰山啊！"王队长立即拿起了电话，让一个绰号叫光头的执法人员过来。

"要您亲自来吗？您挂个电话不就完了吗？"王队长放下电话，满脸笑容地说。"求人办事不亲自登门，哪有这个道理？"胡所长谦虚地说。许久，光头来了，说："队长，车就在外面。"这时，二华用手轻轻地推了三顺一下，示意他出去有话讲。三顺下意识地看了一下手表，哎！快十一点钟了。三顺跟着二华走到外面，二华说："叔！快中午了，怎么办？"三顺是社会上混的人，连忙说："请他们吃顿饭吧！人家能吃咱请的饭是给面子哟！你看着办吧。"

就在这时，胡所长与王队长也互相要请客，拉扯了半天，最后还是由三顺请客。到了饭店，三顺一数，14人。胡所长说，14人，不好，不吉祥，我再调一位好哥们儿来！吃完了饭，三顺一结账，500元！这时，二华把别的人都支走了，只留下胡所长和王队长。然后说："洗把澡如何？"此时，三顺也只好跟着附和："行啊！请客不流汗，等于白吃饭嘛！"于是，他们将警车往偏僻的地方一停，然后一起到"在水一方"洗了澡。洗完澡，三顺又付了400元浴资。待他掏出浴资后，心疼得已是满头大汗了。

洗完澡后，警车带着三顺和自行车一直送到他家楼下。妻子疑惑地问："买东西怎么这么长时间？"三顺满面红光、一脸酒气地说："他妈的！城管这些小家伙居然敢拖老子的车，我今天找了二华，你瞧！人家二华，就是个人物，那还了得，警服一穿特神气，谁见了都低头哈腰！他和所长还用警车把我带去找王队长。那个王八羔子，不仅赔笑，还请我们吃饭，真是威风！吃完饭，他们还专门用警车把我送回来！"不过，三顺心里真喊窝囊，妈的！花了那么多钱，够买两三辆新自行车了。

那患神经病的小男孩

上小学二年级时，刚分完班，阳阳就找到老师，要求到隔壁班级上课。老师问为什么，阳阳红着脸半天不吭声。老师说："你如果把理由说出来，我就答应你。"他天真地望着老师："要是说出来，真能答应吗？"老师点了点头。他踮起脚将嘴凑到老师的耳边，说因为喜欢隔壁班级扎蝴蝶辫的小女孩。

老师愣愣地瞅着他，然后愤怒地用手指点了点他额头："小小年纪就这么多花花肠子，长大了还得了，标准的小流氓！滚进班里去。"阳阳呆住了，不相信地望了望老师，然后悻悻地走进了班里。他倔强地站在课桌前，一直到放学了，竟没挪动半步。老师可急了，连忙去拖他，他却大声哭了起来，说老师是骗子。着急回家做饭的老师再也耐不住性子了，给了他一巴掌，并用手指着他说："你哭什么啊！小花心，你神经病啊！"阳阳气愤地把脸别了过去，一个劲儿地哭。无奈之下，老师掏出了手机，拨通了阳阳家电话，接电话的是阳阳奶奶。奶奶不知发生什么事，立即坐上出租车赶往学校。

奶奶赶到学校，见阳阳坐在学校的走廊里，怀中抱着书包，边哭边抹着泪，老师站在不远处看着他。见奶奶来了，阳阳立即站起身来扑向奶奶，并用手指老师说，老师骂我还打我。奶奶忙蹲下身子，给阳阳擦眼泪，问打哪儿了，还疼吗？奶奶上前与老师理论，老师说这孩子不教育怎么得了，家长要高度重视这个问题，回去要狠狠地教育。奶奶说："教育孩子是应该的，这孩子肯定有不是的地方，可你不能打他啊！更不能打他的头啊！打出脑震荡来你负责得了吗？"奶奶怒气冲冲地牵着孙儿的手走了。

阳阳爸爸是个火暴脾气，知道这件事后，不仅数落阳阳奶奶护短，还将阳阳揍了一顿，最后说："男女有别，男女授受不亲，你这么小怎么就动这个歪脑筋啊！真是丢八辈子祖宗脸。"阳阳跪在地上，撅着小嘴说："我喜欢和她玩，和她在一块玩就开心。"阳阳爸爸吼道："从今天起你就在那个班老老实实待着，不要再和那个小女孩子玩。"发了一通火后，他见阳阳还没什么反应，认为他是软抵抗，气得又拿起皮带，阳阳奶奶连忙催孙儿表态，阳阳违心地点了点头。从此，不知怎么了，同学们都喊他"小花心"，甚至"小色鬼"，害得阳阳不敢抬头走路，更不敢正眼瞅任何女孩子。

没过几天，阳阳母亲从单位回家时，愤愤地将挎包往沙发上一扔，一把就将阳阳的耳朵揪过来，说："你真是丢人啊！人家小女孩子妈妈跑到我们单位去当面训斥我，责问我是怎么教育孩子的。你说你怎么这样不争气，小小年纪就这么下流！就因为人家小女孩子漂亮就喜欢上人家，单位人知道这事都拿异样的眼光打量我，害得我和男同事讲话都心里慌慌的、额头冒汗，像做了见不得人的事似的。"阳阳不由自主地跪了下来，流着忏悔的泪，连忙表态说，以后再也不敢了。奶奶怎么拉他就是不起身，一直跪到一家人都吃完午饭。

突然有一天，阳阳死活不愿意一个人睡觉，要和爸爸、妈妈睡，否则就没完没了地闹。而且还要睡在他们中间，让他们不能有半点接触，一接触他就惊醒了。爸爸说，像这样下去，一家人都要得神经病的，这孩子真是欠揍。一个晚上，约莫过了半夜了，阳阳爸刚将手放在阳阳妈的手上，阳阳就本能地惊醒了，哭闹不止。爸爸翻身起来，紧揪着他的小耳朵推到床下，狠狠地甩了他两个巴掌："真是个祸根，想害死一家人啦！"

阳阳爸爸再一次用武力压迫阳阳一个人到房间睡觉。可到了半夜，阳阳不是大声地哭，就悄悄地站到爸妈房间的门口，不停地敲着门，说害怕，床下有鬼，窗外总有一个人站着朝他阴笑。时间一长，阳阳一家人心中都有一种不祥的预感，可谁都不愿意说出来。孩子莫非神经真是出了问题了？阳阳奶奶发狠要去找老师算账，可阳阳妈妈不允许："你孙子以后还要不要上学校啊？教师岂可轻易得罪！"

更让阳阳烦躁不安的是，整个楼道里似乎都和他过不去。哪家门前的脚踏子没了，门上的对联坏了，他们都在骂：谁家坏小子啊！神经病啦！连我们家这东西都看不顺眼啦，真得把他送进神经病院。阳阳听了就心烦，刚开始是捂紧耳朵，后来干脆与他们理论，甚至对骂！

阳阳开始骂人了。后来，阳阳不上学了，整天站在窗口骂人，逮着谁就骂谁。收垃圾的来了，他骂开了：如果是个男的，他会骂人家勾引女人；如果是女的，他会说人家是找野男人。看到大路上三轮车夫拉着女的，他也骂三轮车夫臭不要脸，一个大男人光天化日竟然拉个女人，真不是个东西。即使是邻居家门上贴的童男童女年画，阳阳也会立即扑上去撕毁，说怎么能这样呢？这男孩儿真是个臭不要脸的。假如有人较真，甚至要打他时，熟悉的人会向人家解释说："这孩子是个神经病，别惹他。"阳阳并不领情，朝好心帮他解围的人大声嚷道："你才是神经病，你一家人都是神经病。"

在左邻右舍和亲朋好友劝说下，阳阳一家人把阳阳带到心理医生那儿看病。经医生检查，阳阳的病不是先天的，更排除遗传，只是存在比较严重的心理障碍。医生把阳阳妈妈叫到隔壁，阳阳妈妈把阳阳得病前后的情况都向医生作了一次详细的介绍。医生笑了，没事的，心病还需心来医。你们啊！偷偷地拍一张那小女孩照片，然后请迷斯尔妮机器人公司定做一个和她一模一样的机器人，整天陪他玩耍，时间一长，这孩子的病就会好的。

没到半年，阳阳既不乱骂人，又活泼开朗。阳阳又能上学校了。到了学校，老师们都说，这孩子太可爱了，像变了个人似的。阳阳的爸妈都开心地笑了，只是他们一家人都严守着一个秘密，从不向外人道破。

粒粒皆辛苦

香喷喷的白米饭给我感觉最深的是我的童年。它给我不知有多大的诱惑力！当母亲拿米做饭时，我总求母亲少放点红豆子多放点米。如果母亲真的多抓一把白米，我心里甭提多高兴了。吃中饭时，我不慎把饭粒掉在桌上，母亲总是叫我拾到嘴里。有时，我有点儿不乐意，她就谈小时候如何跟着外婆到财主家要饭，被凶恶的狗怎样追赶，如今身上还有疤痕。我被母亲教育得很感动，有时含着动情的泪把桌上的饭粒拾到嘴里。就是夏天有点儿馊的粥饭母亲也不允许浪费掉。当我念到"谁知盘中餐，粒粒皆辛苦"的诗句时，才更深深地体味到母亲那一片苦心。

我长大了，到县城去念书，看到食堂里随处可见残剩的馒头和粥饭，自己总感觉到心疼，时时记起母亲的教诲。有一回，我买了两个大馒头，不慎掉在地上一个，在众目睽睽中，我犹豫了起来。但"粒粒皆辛苦"的诗句又在我耳边响起，我鼓足勇气把它拾了起来，吹掉上面的灰尘，而我的脸却红了一下，心里惴惴的，害怕别人瞧不起自己。事后转念一想，倒觉得自己好笑，一个堂堂男子汉竟这般小心眼儿，勤俭节约是中华民族的美德，我们身上不是更需要它吗？

我有了孩子，任性的女儿在吃饭时把饭粒撒得满桌都是，母亲埋怨我管教不严，我只是无可奈何地摇摇头。我们的下一代人仍能像我们那样记取上辈子的教诲吗？我要用"谁知盘中餐，粒

粒皆辛苦"的诗句为女儿进行启蒙教育。

下一代，是我们的希望，但宠溺他们，只能使他们畸形成长；勤俭节约是他们健康成长所不可缺少的。

雪夜听《二泉映月》

下雪的夜晚到处可见光的梦幻，弥漫着光的气息。雪是冬天最美的花朵，还是夜色中的一叶叶白帆？让人魂牵梦绕的月呢，莫非是雪的身影挡住了通向人间的路？如果雪停月出，这个夜晚该是怎样的晶莹剔透，充满诗意啊！乡村的雪夜将会更加美好动人，可惜它离我越来越远，越来越模糊。

在这雪夜里，谁坐在这小城的四岔路口用颤抖的手指弹奏《二泉映月》，抒发着心中的月圆月缺，流淌出呜咽的泉水，拨动起人世间最敏感、最脆弱的心弦？弹奏者似乎完全陶醉在乐曲中，对雪和风以及偶尔驻足的人们全然没有了感觉。路灯泪眼朦胧、神情黯然地注视着街道，偶尔从身旁驶过的汽车喇叭声也涩涩的。

细细的、慢悠悠的雪花就是两根胡弦间飞出的音符吗？这里没有月色，更没有泉。如果有，这雪花定会栖息在它们的肩头或者眉心，从容地以身相许，漾起一丝丝人间最明亮、最动人、最柔情、最凄美的波。天上人间，泉月相照，清风徐来，记忆如水，千年的情仇爱恨，百年的孤独人生，都会飘然而至，让人感慨万千。此情此景，时常恍惚在我的记忆中，悠然在我的思绪里。

在我幼小的时候，不幸的阿炳连同《二泉映月》缓缓地从收音机中流出，流进我幼小的心田和记忆，盘在地上编织蒲包的我感动得落下了眼泪，那可能是我平生第一次被音乐打湿了心情。所以今夜的《二泉映月》真像久别重逢的恋人，我多么想伸出温暖的手掌去接住雪花，接住明灭的月下泉、泉中月，慰藉我的相思。

长大后，我才深知是苦难造就了阿炳，是阿炳创造了《二泉映月》。今夜得闻此人间仙曲，是感谢苦难，还是感谢阿炳？我无语地望着四周白茫茫的雪。阿炳不在，月色无踪，只有苦难伴随着《二泉映月》这永恒的乐曲向四处弥漫，让人的眼窝里涌出情感的泉，叫人的心灵里闪烁着明亮的波。在这物欲横流的社会里，这泉是从人们灵魂深处流出的，所以它更清澈、更可贵、更温馨。它让孤独有了依靠，让苦难生长出希望。

这旋律和情景在把我一步步地拉近，地面上一张白纸诉说着不幸，盛放二胡的盒子里散乱地躺着一枚枚硬币，在路灯的照耀下晶莹着雪的泪花，闪耀着人世间的善良和爱心。我也投过去一枚，盒子中立即挤进去一颗爱心。我多么希望这颗颗爱心无私无畏地支撑起一个个生命的天空，月圆泉清地照亮着人生。

雪还在下，寂静的夜收拾起泉和月那冰冷的旋律，躲进夜的深处抹着泪在取暖。

花中搂月

花中搂月是我的网名，说实在的，我挺喜欢这个富有诗意的名字。

在我没上网之前，我对一些同事和朋友能够娴熟地上网聊天，甚至和看不见的女人打情骂俏，非常羡慕。真渴望哪一天我

也能拥有一个 QQ 号，和四面八方的美女聊天，说不定也能聊出一段艳遇呢！只要是男人，没有不盼望艳遇的。不盼望艳遇的男人，要么是圣人，要么是白痴。世上是圣人多呢？还是白痴多呢？我不愿在这方面多想。但我既不是圣人，也不是白痴，是个俗人，俗人自然就有俗人的许多想法。只不过，我时常为自己有这种想法而心虚。

其实，我对网络并不在行，会用电脑打字也是近来的事。网络上的 QQ 号也是朋友帮我申请的，操作至今仍不很熟练。但在起名字上，我颇费了一番心思。既然喜欢读诗、写诗，那么就应该起个富有诗意、不同一般的名字。我自然而然地想到了月，又想到了花，然而这风花雪月倒是寻常事物，怎样让名字形象、空灵起来却不是容易的事。我想到了李白的"花间一壶酒，独酌无相亲。举杯邀明月，对影成三人"，王维的"明月松间照，清泉石上流"，辛弃疾的"明月别枝惊鹊，清风半夜鸣蝉"等著名的诗句。思忖了半天，终于从李白的"水中捉月"中联想出了"花中搂月"这个网名。有的同事对我的网名很是赞叹，认为不同凡响，超凡脱俗。也有同事说我是花心，有勾引女人的嫌疑。不管别人怎么说，我自己感觉好就行。

刚上网时，我见到人就加，尤其是富有诗意的、好听的女人网名，不问对方是哪里的。但花中搂月这个网名时常让我多费口舌。有人说我的网名不错，可惜太花心了，所以撇撇嘴就再也不理我了。有人则问我这网名是什么意思，我说你自己想吧！可通常对方大多是倒树刨根，非要问个究竟。在一些人的逼问下，我只好苦思冥想着其中的深文大意，穷尽才华卖弄一番，想博得对方的好感。我说，花美不美？月色美不美？它们都是美的，人间的大美。你们听说过"云破月来花弄影"的诗句吗？听说过李白酒醉后水中捉月而溺亡的悲剧式浪漫吗？而我则痴想着自己躺在花丛中搂抱着月色，这是多么富有诗情画意的妄想啊！这是一种飘忽的美，空灵的美，净化心灵的美。倘若再有一阵清风吹过，我会多么惬意啊！这是我生命深处升起的虚幻梦想，有一种对美丽的追求和忧伤情怀的寄托。对方听我这么一说，有的惊讶，有的则赶快溜走，说我文化太高，没法和我聊天。即使我想加别人为好友，别人勉强回应了，和我聊了没几句就说，瞧你这网名就是花花公子，随后拂袖而去，任我怎么解释也无济于事。其中，也有一位陌生网客说我这名字不错，请我换给他用，面对他的要求，我啼笑皆非，坚决拒绝。所以，一段时间，我很落寞，几乎没人理睬。

忽一日，当我打开 QQ 时，有一位叫"一帘幽梦"的要加我，我欣喜极了。聊了几句，她便主动告诉我，她是一位高级职中的教师，并且还是教科室主任。知道她的情况后，我自然有种亲近感，因为我也是教师。当她问我这网名的含义时，我再一次用美丽而诗意的语言向她解释一番，直解释得她竖起大拇指。她说上网只是随便转转，一般不怎么聊天，从未遇到像你这样有才华的人，今天真是三生有幸啊！见她这么恭维，我便飘飘然起来，晕乎乎地不知东南西北。于是，我就把她作为固定的网友进行聊天。办公室的同事很是羡慕甚至嫉妒我，趁我不在时，他们也和她聊起来。有的送人家一束玫瑰，有的送人家一个飞吻，她则是一概以谢谢或者呵呵了之。我发现他们的恶作剧后连忙说对不起，她则送我一个微笑，并且说没关系。

聊了一些日子，她提出要考考我的文学才能，并且是对对联。我说，你是摆擂台啊！难道是"比文招亲"不成？她笑了。"今夜，红袖添香夜读书，还是闲敲棋子落灯花？"这是她出的第一个上联。"明朝，金榜题名日还乡？抑或忙登商船听潮声？"我

想了许久，才对上了，但不知可否。刚对上，她又来了，几乎不给我喘息的机会。她从 QQ 上发了"冬雨喊雪去催花"，当时，我没有对上，只得从网上溜了。一天在上班的路上，我突然想起了"春树唤鸟来筑巢"。匆忙打开，她不在，我只得在她不在的情况下发到她的 QQ 上去，不知她能否满意。过后，等我打开 QQ 时，她对我的下联也满意，同时又给我出了个上联"小桥浮流水，牧童横笛，少妇骑牛，喜看江南春色"。我们办公室集中的多是写材料的人，且大多是才子，于是，我们利用集体的智慧，勉强凑了下联"牛郎梦织女，织女弹琴，牛郎伴舞，演绎人间真情"。此后，我便不大敢上网了，害怕她再让我对对联。我整天要写材料，工作又忙，哪里有那么多闲情逸致去搞这玩意儿？再加上，我患上了眼疾，医生劝我少用眼，更要少看电脑，于是，这一段所谓的罗曼蒂克画上了一个句号！偶尔打开 QQ 时，我也不理她，尽管她说我应该把"花中搂月"改成"花中懦夫"！没办法，我只好认了，她才是缠绵而多情的才女，而我什么也不是。

感谢自卑

提起自卑，我不能不想起自己的童年。

由于家境贫寒，我觉得自己什么都不如别的孩子，尤其是和邻居家的小伙伴相比。他似乎什么都比我强，吃的、穿的自然不用说，就连玩砸钱的铜板都比我的又大又厚实。现在想起来，大概是他父亲做生产队会计的缘故吧！

那时候，我特怕见陌生人。有亲戚来我家时，母亲也绝不让我上桌子，搛一大块咸菜往我碗里一放，就把我撵出去。于是，我用胆怯的目光打量客人一眼，乖乖地端着饭碗走了出去。母亲是怕把我宠坏了，还是怕我和客人分肥？我当时不得而知，现在想起来，大概两者兼而有之吧！因为招待客人的大多是一块豆腐、一碗咸菜，即使贵客临门也只能再加上炖鸡蛋了。

我被岁月打磨成一个挺自卑的孩子。

我因编织的蒲包不如邻居家的小伙伴多，常常挨母亲的打骂。其实，我的成绩并不比他差。每到学期结束，我一路捧着三好学生奖状回家。此时，母亲的笑容是最甜美、最灿烂、最温暖的！可惜转瞬即逝。在穷怕了的母亲眼中，编织蒲包挣钱可比学习的事重要得多！正因为如此，自卑的阴影一直笼罩在我的心头，甚至延续至今。在孤独和寂寞中，我没有特别要好的伙伴，也没有爱不释手的玩具。书大概算是我最好的伙伴了！它充实了我的生活，滋润了我的心灵，开阔了我的眼界。

我刻苦读书，企盼有朝一日功成名就，人前人后风光，让家人和我一起扬眉吐气。后来，我让他们失望了，只考上了淮阴师专，命运注定我只能走父亲的老路（父亲仅当了一年多教师，就弃教从农了，为的是更好地养家糊口），做一个教书匠，与做官无缘。在师专读书的三年时间，我曾暗恋过一位城里女同学。因为自卑，更因为家庭的贫苦，我从未向她表明过自己的心思，所以在个人感情方面几乎没投入过多少时间和精力。因此，我能把更多的时间泡在了图书馆、阅览室，大量阅读中外名著、哲学理论、美学专著，做了许多读书卡片，积累了大量知识，提高了自身素养。

回到家乡成为老师后，我逐渐在课堂上找回了一些自信。凭着扎实的文化基础和强烈的责任心，我能声情并茂和深入浅出地

上好课，赢得学生们的尊重和好感。再加上过去自卑的经历，我就更容易宽容有过错的孩子，更容易接近沉默寡言的学生，更容易与自卑的心灵进行有效的对话和沟通。在学生们的心目中，我是位可以敞开心扉的良师益友。

在恋爱方面，因为自卑，我对恋人并没有太高的要求。长得漂亮的，有地位的，家境特别富裕的，我大多是望而生畏，即使有点小想法，也只能隔岸观火，水中望月。当然，上帝对我并不算刻薄。我最终找到了一位朴实善良，且值得信赖的女人。目前，我的日子虽不富裕，但平淡而充实。

现在想起来，我真的还能找出一些感谢自卑的理由。因为自卑，我有更多的时间与书亲近，有更多的时间与自己的心灵对话，还可以偶尔写几篇聊以自慰的文章；因为自卑，我更珍视别人对自己的帮助和关爱，更珍惜自己目前所拥有的一切。在我身上，少了一些富家子弟的奢侈，多了一些节俭；少了一些玩世不恭，多了一些默默进取；少了一些对穷人和弱者的冷漠，多了一些怜悯和无私的帮助。

当我从自卑的阴影中走出来时，我更感觉到天地的广阔，大地的温暖，日月的仁慈，以及善良人们的可爱。

与鸟散步

题记：鸟儿飞翔时，我才更喜爱天空的模样。

我安全地蜷缩在床上，静听窗外风雨交加，感受这夏夜的清凉。草场上、道路旁大概已到处都是残枝败叶吧？窗外那棵树上的鸟巢还经受住风雨的考验吗？

天刚亮，妻子起身到锅屋去做早饭，推开那扇小门竟然发现一只小鸟。它既不逃避，也不退让。妻子走近它时，它立即兴奋地扇动翅膀，张大嫩黄的嘴巴，仿佛遇上自己的亲人。妻子毫不客气地一把将它抓住，送给小女儿玩耍。小女儿如获至宝，立即找来纸盒子和几粒米，把它供养，小脸上洋溢着激动和喜悦。见这情景，我预感到窗外那树上的鸟巢遭到了不测。当我走到屋后时，只见那棵意杨树耷拉着脑袋，挂在树梢的鸟巢随风轻轻摆动。四周既不见幼鸟，也不见幼鸟的父母。

回到家，我看到这个孤单的幼鸟，心疼地提醒女儿道：房子是有窗户的，鸟儿住的纸盒也该有个窗户啊！鸟儿要睡觉，你得给它被褥，她立即找来了剪刀，在纸盒上迅速开了两个小洞，算是鸟儿的窗户了。然后，她又找来一片小布丁，算是鸟儿的被子。可是鸟儿晚上睡觉要躺在父母怀里，该怎么办？小女儿噘起那小嘴，无助地望着我。

鸟儿可以呼吸新鲜的空气了，晚上还可以温暖地睡上一觉，只是没有了父母相随。我快乐而又遗憾地想着。

从此，我们家有"五口"人了。除了这鸟，家中还有条小狗。每当我下班回家，或者在晚上睡觉之前，我都会轻轻地掀开纸盒，仔细地看上一眼，然后才放心地睡去。它有时被惊醒，就侧过头来看我一眼，高兴地叫两声，随后又乖乖地闭上眼睛。最让人快乐的是，当我看书疲倦时，我会带上鸟儿和小狗一起散步。小狗在前面欢快地跑着，鸟儿在后面跟着。有时，顽皮的狗儿猛地冲到它面前，似乎想和它玩耍，旋即又快速离开，并没有伤害它的意思，可我还是担心狗儿会把玩笑开过了头，要了它的

小命。

其实，我时常把鸟儿带出去，除了自己散散心外，还想引起它父母的注意，总盼望有一天，它们能发现它，并且早点带回家。有一天，一对鸟儿在我家附近的树上徘徊了半天，凄切的叫声让人伤感。我想可能是它的父母在找它。我迅速把它带出去，自己则站在远处观看，让它们一家团圆吧！可惜小鸟那娇嫩的翅膀无法飞翔，它的父母最终依依不舍地飞走了。于是，我又不得不把它送回纸盒中。像这种情况反复了好几次，但每次均以失败而告终。相处久了，它看到我们时，就会欢快地拍打起翅膀，张大嘴巴！仿佛我们就是它的父母。这时，女儿就会从菜地旁、草丛中找来一两个小虫子，放进它的嘴里。它立即狼吞虎咽起来，吃下之后又再次张大嘴巴——

一天清早，我刚起身就习惯地掀开纸盒子，瞧一瞧鸟儿，只见它紧闭眼睛，浑身僵硬着。我不由得惊叫起来！女儿也跑了过来，不解地望着鸟儿，随后又望着我，问："它会醒过来吗？""不会，它随一阵风走远了。"我心中酸酸的。在纸盒中，我突然发现很小的一片豆腐干，问女儿道："是你喂的？"女儿诚实地点了点头！一脸的内疚。看样子，鸟儿是被女儿喂的豆腐干胀死的，可她不是故意的。唉！我们无法与鸟有效地沟通，无法把爱准确地传递到位，我深深地感受到人类语言的局限和无奈。有时，我们认为是对它们的爱护，可在它们看来却是一种致命的伤害。我并没有过多责怪女儿，因为我小时候也曾犯过类似的错误。

我和女儿一起给小鸟举行了水葬，让鸟随清澈的流水向远方流去。或许它的灵魂会再次栖息在水草肥美的地方，或许再去轮回，出生一个新的自我。此时，我想起了泰戈尔《飞鸟集》中的诗句：鸟儿愿为一朵云/云儿愿为一只鸟。每当天际有丝云彩，我总会想起这只曾与我一起散步的鸟儿！不知哪朵云彩是那只小鸟的身影。

我坚信它在天堂飞翔时，脑海中定会闪过曾和我一起散步时的情景。

感悟烟酒茶

在现实生活中，烟、酒、茶算不上是稀罕物，可它们却是生活中的"三宝"，很多场合不可或缺。如果少了它们，人与人之间的交往就少了些纽带，生活中似乎少了许多情趣，天地间少了一些谈资。所以，我很想谈谈它们。我先谈烟后谈酒最后谈茶。

烟

烟是毒品。这是人所共知的，但喜欢这东西的人还真不少。小时候，在我眼里，烟几乎是奢侈品，只有村干部和有身份的人中才会有人抽烟，而且那抽烟的姿势和飘来的香味真让人羡慕。穷人一般沾染不得，否则会越来越穷，让人嫌恶，妻子、儿女也会埋怨，甚至指责。

我的父母都曾抽过烟，庆幸的是都没上瘾。父亲抽的烟大多是别人给的，或者出去办事后剩下的，但只要被母亲瞅见了，非得数落他一番不可。最后，父亲常常是极不情愿地将手中的烟掐灭掉，嘴里还小声嘀咕道："偶尔抽支烟咋就能上瘾呢？"如果父亲继续抽烟，家中的日子便不得安宁。母亲不是到处找碴骂人，就是打狗撵鸡，弄得一家人都不开心。母亲特别担心父亲上瘾，一旦上了瘾就很难戒了，家中生活将会更加拮据。这大概是母亲内心深处最忧虑的事。

其实，母亲也差点会抽烟，对此，我印象深刻。当时，家境贫寒，母亲似乎得了黄病，就是因为没有粮食吃而得的那种浮肿病。母亲总是背着父亲叫姐或者我去买些烟渣回来，再用纸将它裹成香烟状，然后慢慢地将它点燃享用，麻醉一下身体。有时，母亲舍不得花钱，让姐姐到路上，或者人群集中的地方捡些烟屁股回家。这样的日子没过多久，不知怎么了，母亲下狠心不再抽烟，悄悄地戒了。现在想起来，这需要多大的毅力啊！村子里和我母亲一块儿得黄病的女人先后都沾染上烟瘾，且多数人无法戒掉，成为一生的痛。

母亲一直到老都反对任何人抽烟，只要我们手中拿支烟，她非得让你扔掉才罢休。她特别讨厌女人抽烟，认为一个勤俭持家的女人无论如何是不会抽烟也不能抽烟的，只有学坏的女人才去抽烟。当然，因得黄病而抽烟的女人例外。在她眼里，抽烟似乎总是和学坏联系在一起的。

在父母眼里，哥不是太学好的，小时候就常常背着父母抽别人给他的烟屁股。为此，多次挨过父亲揍。后来，他长大成人了，又到村窑厂做会计，和外面人接触多了，与所谓当官的交往也多了，抽烟机会自然多了。他常在窑厂里抽烟，回家则很少抽，即使抽也是背着父母偷偷抽，等父母发现他会抽烟时，他已经上瘾了。父母非常生气，可也有亲戚劝我父母说，要想在社会上混，就得会抽烟喝酒，不然就没有市场，也混不好。父母听人家说得有点道理，也就无可奈何地接受了这个事实。俗话说，小事一支烟，大事一顿酒；烟是介绍信，酒杯是章印。哥时常发狠戒烟，可总有戒不掉的借口，至今烟瘾还很大。

应该说说我自己了。我虽然没有烟瘾，可有一件与烟有关的事让我终生难忘。小时候，我成绩好，作业总是先完成，班级里的同学请我把作业给他抄，后来，一位同学为了感谢我，特意从他爷爷那里偷来了烟给我抽，此前我只闻过烟的香味，没尝过烟的滋味，我想烟的滋味肯定非常美妙，否则大人们不会为此陶醉的。于是，我接过烟，学着大人的模样抽起来，一口气抽了三支。不知怎么了，在放学的路上，自己不断地跌跟头，就是回家编织蒲包也坐不稳，到现在我才清楚原来是烟中毒了。后来，在我读大学期间，同宿舍的同学也有会抽烟的。他们很穷，可他们对烟却很馋，平时总能挤出一点钱来买烟抽，实在没有钱，也就买点烟叶来用纸裹着抽。我要是说抽烟不好时，他们就说抽烟有男子汉味道，不抽烟则和女人同类，他们的怂恿和羞辱并没有让我沾染上烟。

走上工作岗位了，我也没有想到抽烟，因为工资不高，再加上我对烟也没有特别的兴趣。在镇政府拿香烟抵工资的日子里，我仍然没有习惯性地抽烟。有的同事面对政府摊派的一堆烟，为难地说："不抽怎么办？总不能扔掉啊！只好留给自己抽了。"因此，不少教师染上了烟瘾。在乡镇党委办工作期间，本以为抽烟会上瘾的，哪知虽然抽了一些但始终没上瘾。有时，我能连续抽几支烟，竟然头不昏眼不花。说也奇怪，就是一个月没烟抽也不想抽，自己好像对烟天生就有免疫力似的。在做代理秘书时，领导班子中大多是瘾君子，只要开会，会议室里便会烟雾缭绕，让人窒息，置身其中不得不被动吸烟，真是苦不堪言。第二天早晨起来，便吐出一口口黑色的痰，直犯恶心。

可烟这东西，我在高兴和不高兴情况下都很想抽，特别是自己要写长材料或者遇到谈得投机的好朋友时，就更想抽会儿烟！烟既可增强与朋友谈话的兴致，又可以点燃话题。它可以帮人解乏，开拓思路。仔细想来，这东西让人如此钟情，自然有它的道理！但无论怎么说，为了健康，我不喜欢抽烟也不希望亲朋好友抽烟。

酒

酒这东西，我还得从小时候说起它。很小的时候，我对本生产队的一位酒鬼印象特深。据说，解放战争时期，他当过兵，后来在一次激烈的战斗中逃跑了。从此，他沾染上了酒。别人只要说他是逃兵，就相当于挖他的祖坟，他时常借着酒劲和对方拼命。

他几乎天天喝酒，有时没有下酒的菜，就叫他的孩子从河里捉条把鱼，或者青蛙之类的让他就酒，他的孩子全部练就成捕鱼的好手。实在没有下酒菜时，他就用小咸菜下酒，甚至还用黄鼠狼的肉下酒。父母听后很恐怖地摇摇头，惊慌不已。一般人见到他，总会向他投去敬畏的眼神，他居然敢吃黄鼠狼。总之，他不能一日无酒，没有酒味和烟臭的他就不是真正的他。在村里人眼中，他几乎是个无赖、一个懒汉、一个不学好的人。只要孩子们做了坏事，或者不愿意劳动，父母就说他们长大后会和他一样没有出息。

在我们家，只有家中有喜庆的大事，或者请大队干部吃饭了，才会拿出酒来招待。平常，父亲几乎是不喝酒的，也喝不起酒。因为喝酒就得多吃菜，更会耽误农活。何况，母亲也不让父亲喝酒。即使外去吃喜酒，父亲也吃得很少。偶尔多喝了点酒，母亲便不停地数落父亲馋酒。当然了，也有难得开心的时候，父亲酒确实喝多了，在母亲面前胆子大了起来，全然不顾她的唠叨和数落。他竟开心地唱起淮剧来，惹得左邻右舍的人围着他看热闹，甚至边拍手边哈哈大笑。孩子们的小脸儿上漾起了甜蜜的笑意，像过年似的，跟在他后面吵闹。说真话，平时，我们几乎没见过父亲这样快乐过，更没听说他会唱什么淮剧，虽然我知道他以前在小学里教过音乐。酒可以赶跑父亲心中的压抑和不快，心中膨胀着欢乐，一时间，像个酒疯子，更像个诗人，欢乐让生命瞬间疯狂起来。谁也阻挡不了他，即使平日里让他有些畏惧的母亲。有一次，母亲要把他拉回家，不让人家看他笑话，他狠狠地给了母亲一巴掌，母亲的脸肿了个把月，事后他后悔了好些日子。

母亲去世后，在酒的问题上再也没人约束父亲了，再加上我们都长大成人了，日子一天比一天好过起来。老人嘛，喝点酒串通一下筋骨是正常的事。每逢过年过节，我们做子女的都会给他送点酒或者营养品之类的东西。父亲的特点是子女送给他就拿着，不送也绝不会主动去要。他几乎每天都要喝上两盅，说来也怪，自从天天有酒喝，父亲从来也没醉过，总是很有节制地喝上几盅，然后收杯，所以醉后精彩的淮剧也就没了。我想，父亲的生活似乎缺少一点什么，大概是激情吧！

小时候，我对酒的认识只是感觉辣，其他没什么感觉！当然那是父亲偶尔用竹筷沾一点给我尝一下，就这一下就将我吓退，从此对酒望而生畏。大学里同宿舍的人在一起过节日时，我们会偶尔聚一次餐，起初我是不肯喝酒的，可是经不住别人劝，最终喝了几杯，于是头有点昏晕，其他好像没什么特别的感觉。从此，我才认为我能喝些酒。

母爱是盏灯
muai shi zhandeng

　　一次，高中的一位同学谈对象，找我一道去对象家做客。我应邀前往，平生的许多第一次诞生了。第一次感觉到谈对象的夜晚妙不可言，趣味无穷；第一次沾相亲同学的光坐在了上席；第一次喝上那么好的洋河酒；第一次喝过烈性酒后再喝啤酒；第一次醉酒并且出了人家门口的几十米处吐酒了；第一次感觉到醉酒是那么难受；等等！印象真是刻骨铭心！一个多星期后，我似乎才真正醒过来。经过这次教训，我对酒有更多的怕了。在整个读大学期间，我就再也没喝过一次像样的酒，即使是临毕业的分手酒，我也没多喝，害怕自己醉了，有的同学说我不是性情中人，不够爽快，其实，他们哪里知道我内心对酒是多么恐惧啊！

　　走上工作岗位后，我与酒接触的机会多了起来。在家里，我算是大人了，来了客人，我也可以坐下来陪酒，与以前只站在旁边相吃相喝大不一样了。在单位，同事之间因来了客人而相互请客，这样一来，喝酒的机会自然增多了。再加上，偶尔有学生家长请吃饭，喝酒更是免不了。时间一长，我感觉自己好像有了些酒瘾，个把星期不喝酒便觉得有点馋了。但在做普通教师期间，自己大多是想酒喝，要酒喝，喝酒感觉到香，感觉到解馋、满足等等。尤其是有月光的夜晚，脚下飘飘然起来，感觉更是美妙无比，活得像个神仙。自从我到党委办公室工作之后，酒给我带来了无穷无尽的痛苦，很少再能体会到喝酒的快乐。因为我几乎是强装笑颜陪人喝酒，常常是中午喝，晚上也要喝，直喝得头痛胃疼。从某种程度上说，喝酒已经成了一项工作，甚至是政治任务。有时候，领导再三告诫要把客人陪好，言下之意就是把对方灌足，否则就是招待不周，会让客人不高兴，你的工作自然就不出色了。当时，我也曾想再熬一熬等党委秘书转正了，然后再等几年做个什么副镇长之类的官，或许罪会少受一点，反正我也没有太大的官瘾，只要够混就行了。哪知，95 年的人事冻结，我没有转为正式秘书，心灰意冷之后，又回到了教育上来。哎！说实在的，我感觉到轻松多了，再也无须赔人笑脸，强撑喝酒，现在想来，在党委办几年真是委屈得自己身心俱疲，像头伤痕累累的驴。

后来，我做校长了，对于别人的请吃，能不去的尽量不去，主要是逃避酒。当然，与酒打交道也是少不了的，但与党委办相比，真是小巫见大巫。我啊！真是奇怪，就是与酒无缘。论我的酒量，也能喝三四两，甚至半斤，但我不是胃疼，就是胆囊疼，或是患眼疾。有时候，也很想有英雄气概，可惜没有英雄酒量。在饮酒方面，我真的感到惭愧。看到人家连饮十几杯，甚至豪饮几碗，真是心生羡慕，遗憾的是自己酒量不中，在酒桌上总不像酒量大的人那样神采飞扬，侃侃而谈，尤其是在女人面前。

有人见我怕酒，就轻蔑地说：还是写文章人，怎么就不喝酒？在一般人的眼里，写文章就得喝酒，不喝酒就写不出好文章来！在我看来，喝酒的人不代表就能写出好文章来，同样，不喝酒的未必就写不出好文章。其实，酒徒与诗人和文学家是两回事。不过，这也难怪，自古及今中国的文学与酒结下了不解之缘。酒仙李白当推将文学与酒结缘的最好典范。鲁迅酒量虽不好，却亦喜酒。世界级的大诗人普希金更是喜欢喝酒和决斗。但殊不知大文学家司马光不喜酒而写了流传千古的《资治通鉴》，大诗人王安石也不喜酒而写了许多流传千古的诗词，据说包公劝司马光酒时，司马光还勉强喝几杯，劝王安石时，王安石一杯不饮。可见，喝酒与写诗、作文没有必然的关系。其实，我也不是不喜欢酒，而是讨厌被迫饮酒，痛恨与一些自己不喜欢的人在一起饮苦酒！我这样说绝没有攀附名人的嫌疑，只是实话实说，请

母爱是盏灯
muai shi zhandeng

别讥笑我！

茶

  大学毕业之前，我很少正儿八经喝过茶。只记得上高二的时候，因被评为优秀团员和三好学生，学校组织我们到扬州瘦西湖玩了一趟，由于口渴，就在瘦西湖里喝了一杯茶，那茶叶的清香至今仍芬芳在记忆中。所以，我经常想念瘦西湖的茶叶，很想有机会再光顾一次，重新体验那种无法言说的神清气爽。可惜即使故地重游也没了那种感觉。

  工作后的第二年，我自己偶尔从有限的工资里花五元钱买二两龙井茶叶。特别是午睡后，喝上一杯龙井茶真是一件十分愉快的事，精神整个一下午。除此之外，我到普通浴室洗澡时，偶尔喝上一杯茶，喝那种茶仅仅是为了解渴，因为那些简陋的浴室只会提供块把钱一斤甚至几角钱一斤的茶叶。那种茶泡出来的茶水时常是黄黄的，苦苦的，涩涩的，难以下咽。

  正常情况下，我是不会喝这种茶叶的，但更好的茶叶我也喝不起，因为太贵，当时我每月只有不到一百元的工资，哪有闲情逸致去享受茶叶？到了党委办之后，镇长、书记喝的茶叶可就不一样了，让我开了眼界。人家喝的茶叶不仅叶瓣少而且还会站在沸水中，喝在嘴里有一股清香味，沁人肺腑。更何况那不断变换的茶杯也非常别致，时常让我羡慕不已。从此，我才知道原来茶叶还分不少种，有龙井、碧螺春、铁观音等等，而且还分许多等第。特别是住在我家隔壁的王老师，她的对象在福建当兵，每次回家都带回一些工夫茶，说实在的，我还头一次听说这世上还有工夫茶，喝那种茶有许多讲究。它有一个比较大的盘子，里面可以将废弃的水和茶叶装进去，大盘子的四周放上七八个小茶杯。

他先将茶叶放进一个大一点的杯子里，然后用沸水浸泡，随即将水倒掉，然后再放沸水来泡，最后才将大水杯中的水一一地倒进小杯中，于是我们一边饮茶一边聊天。

就是做校长时，我对喝茶也没有太多的讲究，尽管时常有朋友或者以前的学生送我点茶叶，喝茶大多还是为了解渴。有段时期，我几乎不喝茶了，因为报纸上面把茶叶作践得几乎不能喝，说茶叶的农药残留量严重超标，不能饮用。大干部或者有钱人都讲究起来，情愿喝白开水也不喝茶。到饭店里做客，喝茶千万要小心，那种茶大多是劣质茶，即使是外表好看的，大多也经不住喝，泡第一杯时就淡而无味，且茶叶腐烂，有人说那是高级宾馆客人喝剩下的茶，然后再在太阳底下曝晒，这就是那些饭店招待用的茶叶。我简直不敢相信，可事实上确实有这种现象，我亲眼看过并且喝过这种茶。在喝这种茶叶之前，我不知道有人竟然会干这种缺德事，想起来叫人恶心。因此，茶被我冷落了好久。

后来进城工作了，有朋友喜欢喝茶，也有做小老板的学生经常送我茶叶。这又一次激发了我对茶的热情。至此，我才知道茶有产地不同，时间先后也有区别。朋友给我的茶，据说是朋友的朋友到茶场亲自买的，然后送给我朋友，朋友又特意转送我，可见茶叶包含着许多情谊。

因为有他们送，我喝的茶叶就多种多样了，有碧螺春、特级龙井、猴魁、金坛雀舌、铁观音等等。这些茶叶各有风味，各有不同的喝法，可惜我还是没有那份耐心去讲究。碧螺春太淡，虽然它是上等茶，可我不是太喜欢。特级龙井是我喜欢的茶叶，但真正的特级龙井现在很难买到，大多是假的。而猴魁，据说是很贵的，不是我们这等人喝得起的，除非朋友送我一点儿，否则是不敢问津的。金坛雀舌茶叶鲜绿，叶汁清爽，喝后满口余香，确

实是上等好茶，尽管它没有碧螺春、龙井等名贵。据说真正的铁观音市场上几乎绝迹，只能想而心叹了！现如今，不论到哪里，别人给我泡茶时，我大多婉拒，害怕那种浸泡了过多农药的茶叶或者是宾馆中贵客喝过的茶叶渣倒了我的胃口，伤害了我的身体。

麻雀的幸福

打开窗，一只麻雀在枝丫间腾挪，嘴里衔着明净的空气和灿烂的朝阳在啁啾。

“你好！麻雀。”我友好地问候着。

“我不好，你才好呢！”麻雀突然噘起小嘴气嘟嘟地应着。

“为什么？有什么不顺心的事？”我微笑着。

“不为什么，总之，我不幸福。”麻雀几乎是哭丧着脸。

“嘿嘿！你不幸福？我们还时常羡慕你们呢！你们有一对自由的翅膀，有一个随意飞翔的空间，连香港著名歌星梅艳芳临终前还说：做人太苦，下辈子要做只鸟。哪像我们，从一个笼子走到另一个笼子，身上缠着道道绳索，肺时常吃力地张合着，翅膀已经退化，即便有谁把我们扔向空中，也不会飞翔了。现在人啦！就是把身体装在套子里，都觉得不安全。君不见家家都装防盗门和防盗窗，夜夜防着你、我、他，炸弹专朝平民身上炸！”我极力地诉说着我们的不幸，想引起麻雀的共鸣。

“是吗？我不信，我们也挺嫉妒你们的，你们的笼子一年四季也风不透雨不漏，整天衣食无忧，有时甚至还把我们当成小菜儿就饭！梅女士没做过鸟，哪知鸟们的苦恼和悲哀？你或许一转身就会走进哪家饭馆满脸幸福地吃着我的同伴呢！再说，我们想找到干净水和安全食品吃越来越不容易了。当然了，你们的处境也不妙，但遗憾的是到目前为止，觉醒的人并不多，大多数麻木不仁，你们的麻木可是出了名的。最近在网上看了一则新闻，说有一个女孩子在大庭广众之下惨遭强奸，竟然没人报警，更没人出面制止，唯恐避之不及，最后还是她自己报了警。幸福是明哲保身，还是虚伪的同情和怜悯？"麻雀痛苦地流下眼泪。

"国家现在把你们列为三级保护动物了，民间的气枪已经全部收缴了，人们对你们也渐渐友好起来。就是在我们这样的小城市里，天空中除了鸽子几乎就是你们了。总之，我反正不会伤害你们。"我一脸诚恳。

"以前说我们是害虫，现在说我们是益虫，只不过是为我们平反昭雪罢了！在弹弓不出现之前，我们还能苟且度日，晚上互相庆贺安全归来，一早上醒来就向着朝阳歌唱。忽然，有一天晚上，不知从哪里来了弹弓，借着路灯的光芒，不停地朝我们投来石子和硬硬的泥团，我们无路可逃，只得心惊胆战地往高处飞。弹弓的心中哪有国家法律啊？当你从我们身边走过时，竟然熟视无睹，害怕招惹它向你弹去石子？实际上，你有意无意地成了帮凶。在你们的同类中像你这样的还真不少！谁会关心我们的眼泪和痛苦？"麻雀的话仿佛是匕首要刺中我的心脏。

"说内心话，当时的我也非常同情你们的处境，但我无能为力，劝阻不了弹弓，更何况，我听说他是下岗职工，光杆一条。"面对匕首，我慌忙躲闪着。

"嘿嘿！可笑，满嘴荒唐言！照你的逻辑，世界可能就要乱

套了！谁都能找出令人同情的理由去违法犯罪，残害无辜。糊涂啊！糊涂；可悲啊！可悲。要知道保护我们，就是保护你们自己，杀我们就等于你们在饮鸩止渴啊！人类最大的弱点就是贪心不足，肆意掳夺一切。可是你知道吗——你们的日子还能滋润几天？世界上有多少物种濒临灭绝的边缘？每天又有多少正在灭绝？你们的幸福就是毁灭我们吗？"麻雀一个个问号向我步步紧追。

"不知道，不知道，我真的不知道。"我心虚得直冒汗，头脑一片糊涂，心智像被什么东西死死地堵着。

"哈哈哈！要是我们换一下身份，你或许就能明白！"

麻雀倏地飞走了，像一支疾驰的箭消失在虚空中。

"好吧！"我的额头重重地撞在窗上，感到一股钻心的痛。我是谁？麻雀是谁？我不知道，也不重要。重要的是幸福到底是什么？我不知道，可我真想知道，幸福离我们到底有多远？

奔跑的花朵

三月那温馨而明媚的阳光像瓢泼似的洒落下来，油菜花儿从窗前一直奔跑到田野里、圩埂上、道路旁。把整个春天都挂满了小小的、黄黄的、灿烂的灯笼，照亮了青青的麦苗、依依的垂柳、弯弯的溪流、婉转的鸟鸣。

我轻松地走近它，攀谈攀谈，遐想遐想。花儿是它动人的语言，花粉是它美丽的心事，它们让我那快要衰弱的神经一下子青春着、振奋着、轻松着。我仿佛是春天的河谷里一尾鱼，轻轻地游回童年的岁月；我仿佛是春柳枝头的一只鸟，将春风轻轻呼唤。那在花朵丛中追逐着蜜蜂的小孩就是我吗？那在别人家屋檐下逡巡着寻找着藏有蜂蜜苇管的小男孩就是我吗？那嘴里衔着油菜花在水中游玩的就是我吗？哦，童年的岁月都是些洋溢着油菜花香的日子，奔跑着和煦的春光和朝气蓬勃的梦。

此时此刻的我把自己想象着如油菜花儿一样，仰着脸做着最美的梦。我不想别人把我当着花盆里的花儿培养，种种刻意的呵护对我是最深的伤害。我只想站在这丰厚的泥土里，与蜜蜂蝴蝶为伴、与春风春雨为友，把春天畅谈，将爱意浓缩，开出一个又一个人们似曾相识而又新鲜饱满的三月。

花开花落，丰富了春天的内涵，变换起季节的容颜，生动着农民的日子，把三月奔跑得错落有致，水光潋滟。

飞翔的柳絮

纯白的阳光、多情的鸟儿、疯长的麦苗，和无垠的田野热恋着。站在沟河边、堆堤旁，或者家前屋后，就是那寻常不过的杨柳了，它们正轻吐翠绿，将如雪的情思在三月里悠悠诉说。农民们那注视田野的目光正滋滋地发烫，春风徐来也改变不了他们的模样和最深情的向往。

三月的空气弥漫着花的气息，柳絮在春风的醉吻下突然绽放。柳絮——杨柳的花朵，它具有诗一样的情怀，梦一样的身

材，风一样的舞姿。它浑身洋溢着阳光的气息和梦想，在阳光的注视下，在春风的鼓动下，充满着生命激情，迈着潇洒的脚步，尽情地飞扬着，舞动着，晃悠着、陶醉着。你想用力抓着它，它却会从你的手下逃逸。如果你将手静静地放在空中等候，说不定它就会悄然到来，释放出生命中最灿烂的光华。这是一种会飞翔的花朵，这是一个白色的小精灵。然而，它竟这样悄无声息，竟这样毫不张扬，竟这样无足轻重——为啥不去和玫瑰争宠？为啥不去和桃花争艳？这次飞翔，可是你一生一世的旅程啊！

我知道，你是春风的追随者，你是春风的歌唱者，你是春风的实践者。当我极目远眺茫茫的田野时，哪里有你的身影和脚步，哪里就会春光明媚，哪里就会百鸟争鸣。这让我想起了宋朝晏殊的一首七律中的诗句："梨花院落溶溶月，柳絮池塘淡淡风。"我陶醉在这美好的诗句里展开想象的翅膀，将自己置身在无边的月色中，体会那三月夜晚的宁静和美好，以及那梨花和柳絮特有的清香。如果池塘边再响起此起彼伏的蛙鸣，月白风清的美景定会穿透人的心田，弹起动人的乐章，生命中美好的感觉便会油然而生。在春风和煦的三月，抬头望月的心情就是一曲最美妙的生命乐章！

可是也有人看到这三月的柳絮伤感心痛，甚至泪流满面的，我想这种情况大多与他们的人生境遇有关了。像出演《红楼梦》中林黛玉的陈晓旭就曾在 14 岁时写了一首《我是一朵柳絮》，其中有诗云：我是一朵柳絮/长大在美丽的春天里/因为父母过早地将我遗弃/我便和春风结成了知己。小小年纪的她竟然在诗歌的第三段中写道：如果我死了/你是否失掉一些欢乐/为了我，是否会让你哀伤/在心头上停留片刻。我又一次想起了杜甫的"感时花溅泪，恨别鸟惊心"的诗句。应该说，杜甫的这两句诗是对陈晓旭诗作的最好注释。早年失去父母之爱的陈晓旭，面对春光明媚的三月，她怎么也感受不到人间的温暖和美好。她把自己想象成孤独而随风飘浮的柳絮一样，无依无靠，凄凉荒芜，哀思无限。对此，我们所能给予的只能是一声轻叹。

在这迷人的三月，热爱生活的人定会给它最富有诗意的注视！心情随柳絮一样飞翔，越过温暖的河谷和浅滩，摇曳在村姑那杨柳一般的辫梢，在和煦的阳光里梦一般地开放，随清澈的山溪一起流淌。

窗外有一片如水的月色

窗外，月光皎洁，一片宁静的天地。

走过一段坎坷的路，便有点累，坐在窗前贪看这一片如水的月色，轻松地想起岁月的记忆。岁月给予的仅仅是那如梦的痴情，抑或是那绵绵的悔恨吗？

我们曾互拥着走进一片可爱的月光，各自倾吐着纯真的往事。朦胧的月色透着浓浓的温馨。我醉了，她也醉了，这一片天地是属于我们的。

初恋是缥缈的雾，岁月的风把它轻轻地抹去了。但记忆却凝固成清新的朦胧。

她迷恋于遥远的繁华，忘却了那一片迷人的月光，以及月光下的我。

我知道，在漫长的人生道路上，仍没找到那种既能燃烧自

己，又能燃烧他人的纯真的痴情。

我忽然想起了李太白的《月下独酌》中的诗句："花间一壶酒，独酌无相亲。举杯邀明月，对影成三人。"月亮和酒是一种多迷人的和谐呀！今晚，只有月亮，却没有酒，然而我却酣醉在这首诗中。

思绪漂浮在这一片如水的月色里。

我和书

一本本有价值的书，在我的记忆里是一首首充满墨香的流动的诗。

儿时，出生在绿草荡畔的我下河捉鱼摸虾、游泳，满田野地挖猪草，还有那没完没了的编蒲包占去了时光，上学时读的课文现在几乎全忘光了，只有那周扒皮半夜鸡叫至今还有点印象。那时真正算得上是我看过的课外书籍只有两本：一本是小人书，印象已不太清楚了，连书名也记不起来了，只是那几位少年手搀手把国民党特务剪断的电线联起来而光荣献身的一幕给我留下了难忘的印象，这种英勇的壮举感染着我幼小的心灵；另一本书是纸质发黄而无封面的，它可能是父亲上师范时读过的书，里面有《女娲补天》等神话故事。有一天被我偷偷地带到学校，在课堂上拿出来看时被老师没收了，老师再也没还给我，想起来真有点遗憾。从初中到高中，时间几乎都被没完没了的作业考试抢占了，高中语文书至今仍清晰地留在记忆中的只朱自清的《荷塘月色》、贾平凹的《丑石》、刘禹锡的《陋室铭》、范仲淹的《岳阳楼记》等为数不多的几篇了。

真正接触一些有价值的书籍，那还是在考上了淮阴师范学院汉语言文学专业之后的事了；那时，父亲被生活所逼，做起了小生意，家里经济因此而不很拮据了；当时吃是不愁的，国家每月发放饭菜票；家中寄给我的钱几乎都变成了中外名著了，而周围不少同学却用家中的钱去抽烟、喝酒，或者请女同学下馆子，我在他们眼中是个彻头彻尾的书呆子。除了听课以外剩余的时间大部分泡在了图书馆、阅览室。念大学的时候，自己做过两个梦：一个是学者梦。当时我对美学尤其热衷，大学三年级的我选修了小说美学，老师是全国知名的肖兵教授；课余，我翻阅了大量的美学论著。譬如：《朱光潜美学论文集》、李泽厚的《美的历程》、《西方美学史》、黑格尔的哲学等等，同时还做了许多读书卡片。每当附近的新华书店新到一批美学论著，我总要从口袋中抖出几个钢板把它买来看够究竟。这个梦随着当了老师后被繁重的课务淹没了。另一个是作家梦。我因此阅读了大量的中外名著，如：雨果的《悲惨世界》、肖洛霍夫的《静静的顿河》、列夫·托尔斯泰的《战争与和平》、海明威的《老人与海》、莎士比亚的《哈姆雷特》，以及中国古典名著等；其中《老人与海》我看了三遍；《红楼梦》我看了五遍，给我的感觉一遍与一遍不同。其中的味道一次与一次各异，我因此对人生、对社会、对爱情，对历史有一种更深层次的理解和把握；从此，我对文学有了初步认识。为了圆这个梦，我在教书之余，寂寞之时写了一些诗和散文，偶尔也见诸报端，而这种成功的愉悦和享受充实着我淡泊的人生，我因此而生活得有点滋味，也因此感谢那些助我成功的书。

当然，我只是文学大海边一位拾到一枚贝壳的顽童，但我却是一个执着而又虔诚的顽童。

淡泊难得

淡泊是一种美，是一种不可多得的美，它是人生挫折和坎坷的升华，它是九九八十一难的佛果，它是一个人心灵走向成熟的标志。

年轻气盛时，多数人的心中自然会蕴藏着万丈豪情，尤其是有抱负有才华的青年更是如此，"指点江山，激扬文字"，一切困难险阻似乎都不在话下。它洋溢着青春气息，充满着勃勃活力，它至纯至真，至善至美，浩气冲天，光照人生。俗话说："自古英雄出少年。甘罗十二而拜相，霍去病年方二十一而为汉朝立下了赫赫战功，刘胡兰年方十四就用生命和鲜血去印证'生的伟大，死的光荣'的人生哲理。"

然而古往今来又有多少风流人物在年轻时欲奋发有为，安邦治国，一展抱负，可是在倍遭坎坷后，或纵情山水，或游戏人生，或退隐山林、皈依淡泊，就拿大家所熟知的李白、柳宗元、陶渊明等文学家来说，生平经历莫不如此，而且无一例外地打上时代的烙印。26 岁的李白在开元十四年，就确立"奋其知能，愿为辅弼，使寰区大定，海具清一"（《代寿山答孟少府移文书》）的远大政治理想，而且李白是一个自视很高的人，屡次以大鹏自比。有诗可证，"大鹏一日同风起，扶摇直上九万里"（《上李邕》）。终于在天宝元年，李白被唐玄宗召至长安，此时此刻，李白满以为从此以后便可平步青云，鹏程万里，实现毕生夙愿。"仰天大笑出门去，我辈岂是蓬蒿人！"（《南陵别儿童入京》）诗人的狂放和喜悦溢于言表。可是宫廷的歌舞升平和腐朽没落使诗人李白陷入极度苦闷之中。由于李白对权贵的蔑视和傲岸，很快招致宫廷内外的谗毁，不久被逐出长安，当然，他是在极度怨愤和深深失望中离开长安的。可是李白该怨谁呢？在现代人眼里，该怨的似乎是他自己。你李白虽才华横溢，但太不会"混"了，太无眼头见识了，像李隆基、杨玉环、高力士等权倾朝野的人岂可得罪，怨你自己不会趋炎附势，溜须拍马，无尊卑之分，无君臣之礼，酒醉后更是让人难以容忍，你怎敢醉后失态让高力士为你脱靴？你怎敢在醉后吐出"天子呼来不上船"？当然，李白还是值得庆幸的，倘若在长安再多待上一年半载，恐怕小命也难得保了。理想破灭后的李白，只好纵情山水，借酒消愁，借诗抒怀，因酒而醉，因山水而痴。他终于怀着对官场的厌恶和对淡泊生活的神往之情写下了"且放白鹿青崖间，须行即骑访名山。安能摧眉折腰事权贵，使我不得开心颜"的诗句。

与他同一时代的另一位大文学家柳宗元，年轻时曾积极参加王叔文的政治革命，革新失败后，遭到长期贬谪。在他被贬为永州司马期间，他的二兄在今广西南宁市宣化的邕州马退山上建造了一座观赏风光的茅屋。每逢兄弟五六人相聚，他便手执古琴，登上山巅，目送白云，山间凉爽在襟袖之间，高峰万物，一览无余。我想被贬后的他，肯定看透了封建官场的险恶、功名利禄的无常，他把一切世俗的欲望置之脑后，心中只有这山、这水、这云、这悠悠琴韵，非有淡泊胸怀之人，无法这样去面对坎坷，无法这样去理解生活，诠释人生。另外，大家所熟知的晋朝陶渊明也曾做过 81 天的彭泽县令，只不过他终不愿为五斗米折腰而愤然辞官，过起了"采菊东篱下，悠然见南山"的闲适平淡的生活。我想他向往的不是那种因谄媚而受宠，因苟且而偷生，因巴结而平步青云的官场生活。在他的眼里，一个洋溢着自然美和率直的人性美的归隐生活才是弥足珍贵的。

试想，在这物欲横流的社会，能有几个人能拥有淡泊的心境。时下，很多人得为家庭生计而奔波，为油盐酱醋而操劳，为子女择校、升学而发愁，为生病就医而伤透脑筋……哪容得你有喘息的机会去想"淡泊"二字。我忽然想起了时下流行的"钱不是万能，但没钱万万不能"的叫人难堪的格言。我是一介书生，也曾读过几本诗书，身上自然有股书卷气，可我不得不生活在一边对功名利禄无限眷恋，一边对淡泊生活深深神往的矛盾之中，年少时那股傲气似乎难觅踪影了。